書下ろし

楽土

討魔戦記②

芝村凉也

祥伝社文庫

目次

序

男はただひたすら、前へ、前へと足を進めていた。

男の前後左右には、男同様、独りで、あるいは連れとともに、歩く姿が数えきれぬほど見られたが、己が前へ進むことに専心する男は、目をくれようともしない。

男はただ、己の前へ向かって歩き続けた。

泳ぐように。喘《あえ》ぐように。

腹には、途中のせせらぎで口にした水以外は何も入っていない。飢えと疲労は限界を大きく超えており、もうとっくに足は止まっていていいはずだ。

それでも、男は歩く。

待っている者らのために。まずは目的地に辿《たど》り着いて、そして待っている者らを迎えに行くために。

道端には、力尽きて蹲《うずくま》り、あるいは上体を起こしていることすらできなくなって、横たわる者もいる。

しかし、男がそんな連中に目を向けることは、いっさいない。

構っている余裕などはないのだ。己のことだけで、精一杯なのだから。

ただそれは、男に限ったことではなかった。男の周囲で歩いている者全てが、いや、おそらくはこの国でまだ息のある者のほとんどが、男と同じ思いでいるはずだった。

道端に横たわる者のうちの何人かからは、すでに死臭が立ち上り始めていた。腐り果てて、本当はガリガリに痩《や》せているはずの体を、臭気と汚穢《おあい》に満ちた気体で内側からパンパンに膨《ふく》らませている者もいる。さらに草叢《くさむら》の中をよくよく見れば、雨曝《あまざら》しの白い骨となった者もそこここに散らばっているのだった。

そんなことには関わりなく、男は歩いていく。

待っている者のために。そして、己自身のために。

ただひたすら……。

第一章　騒動の余波

一

　正月も松が明けたばかりだというのに、三人もの人死《ひとじ》にが出たことで、北町奉行所は大騒ぎとなった。なにしろこたび死人が出た向島百花園《むこうじまひやっかえん》は、つい先日二人の死者が出た白鬚明神社《しらひげみようじんしや》から、目と鼻の先というほどの近場《ちかば》なのだ。

　しかも、両方合わせて五人のいずれもが、全く同じ死《し》に様《ざま》をしている。先の二人について、「若干《じやつかん》の不審は残るものの故障（事故）による自然死であろう」と断じられていたことは、お上より市中の安寧《あんねい》を預かる町奉行所にとって深刻な事態だと言えた。

　いくらなんでもこれほど立て続けに、しかも合計五人もの死者が出ているのに、全て「詳細不明の故障」では世間が納得しない。幕府で枢要《すうよう》な地位を占める者らの目も、今はじっと己らに注がれているものと思っておかねばならなかった。

北町奉行所にとっていくらかでも幸いだったのは、先の二人の死を自然死と断じたのが己らではなかったという点だ。白鬚明神社で起きた騒ぎを管轄《かんかつ》するのが、江戸期には制度上、寺社奉行所だったからである。

しかし、こたびの三人については百花園という町人地で起こった出来事だ。何がどうしたのかほとんどわけも判《わか》らぬまま、己らの尻にはすでに火がついているような状況に追い込まれることになった。

北町がこれほど深刻に受け止めざるを得ないのは、百花園での一件が己らの月番《つきばん》（南北両奉行所がひと月交代で受け持つ新規案件受付の当番月）のときに起こったためだった。加えて、こたび三人が死んだ現場にほとんど間を置くことなく南町の同心が現れたことが、北町の面々の感情をよりいっそう逆撫《さかな》でする結果を生じさせていた。

——余計なときに、余計なところへ。

北町の与力同心としては、すぐさま現場へ駆けつけた南町の小磯文吾郎《こいそぶんごろう》という老同心に対してそう舌打ちしたいところだったが、表立って苦情を口にするわけにはいかない。南町の小磯の就《つ》くお役目が、臨時廻《りんじまわ》り同心だったからだ。

臨時廻りは定町廻《じょうまちまわ》り同心の補佐と助言が主な仕事である。定町廻りが月番かどうかに関わりなく江戸の町を巡回するのが仕事である以上、定町廻りの欠けたところを補完していたならば、臨時廻りがどこにいたとて苦情を述べる筋合いではないのだ。

眦《まなじり》を吊り上げた北町は、向島を受け持つ定町廻りばかりではなく、六人いる臨時廻りに二人しかいない隠密廻《おんみつまわ》りまで加えて、総動員で一件の現場である百花園の中を詳細に検分し、死者となった三人についても洗いざらい調べ尽くした。

それでも、「これは」と思えるような手掛かりは何ひとつ浮かび上がってはこなかった。

その場にいた者らにも数多くあたりをつけて話を聞いたものの、「気づいたときには人が何人も倒れて騒ぎになっていた」と異口同音《いくどうおん》の証言が出るばかりだ。

怪しい人物の目撃談はおろか、人が怪我《けが》したという騒ぎ以外で何か異常な気配を感じたという者すら、一人として見つけ出すことはできなかった。

死んだ三人についても、特段注目すべきことは浮かんでこない。いずれからも、殺されなければならないような事情を抱えていたというような話は、聞こえてこなかった。さらには、先に白鬚明神社で死んだ瓦職《かわらしょく》の親方二人とこたびの三人との関わり合いどころか、こたびの三人が互いに何らかの関わりを持っていたのかどうかすら、不明なままだった。

「お前《めえ》ら、こんだけ人死にが出てるってえのに、ろくな話ひとつ拾ってこれねえたぁ、そろいもそろって、どんだけボンクラが集まってやがんでえ。まともに働かねえってんなら、お上の御用にゃつけちゃおけねえ。一人残らず手札取り上げるからそう思えっ」

小梅村《こうめむら》にある百姓家の離れを借りて設けた臨時の詰め所へ、使っている岡っ引きを集めた北町の定町廻り同心横尾道之進《よこおみちのしん》は、八つ当たり気味に皆の尻を叩いた。百花園は己の受け持ちの中だったから、誰よりも焦燥《しょうそう》を募《つの》らせていたのだ。

雁首《がんくび》そろえた岡っ引き連中は、横尾の前で神妙そうな表情をつくり、俯《うつむ》いたまま声もない。

「いいか、目ん玉ヒン剝《む》き草の根分けて、ともかくめぼしい話のひとつも見っけ出してきやがれっ。お前ら、判ったな」

言うだけ言うと、横尾は気を昂《たか》ぶらせたまま奥へ引っ込んでしまった。

へい、と威勢の上がらぬ返事をした岡っ引き連中は、のろのろと立ち上がった。ようやく旦那の叱責《しっせき》から解放された面々は、重い足取りで臨時の詰め所を出ると、無言で顔を見合わせた。

「草の根分けて」と言われても、思いつく限りのことはもう二度も三度もやっている。それで何も摑《つか》めない以上、どれだけ螺旋《ねじ》を巻かれようが、もう成果が上がる手立てを新たに思いつけはしなかった。

互いの顔を見やった後、そっと首を横に振る者、虚《うつ》ろな目で宙を見上げる者、口にしない思いをそれぞれのやり方で表した。

それでも、旦那の叱咤《しった》に全く応《こた》えないというわけにはいかない。徒労《とろう》になるのは承知の上で、今まで己らの行ってきた探索をもう一度繰り返そうと、それぞれの縄張りへ散っていった。

北町の定町回りに尻を叩かれた岡っ引きの中には、本所中《ほんじよなか》ノ郷界隈《ごうかいわい》を縄張りとする妙見《みようけん》の巳之吉《みのきち》もいた。中ノ郷横川町《よこかわちよう》は、先に白鬚明神社で死んだ二人の親方の住まいや仕事場があるところだったから、巳之吉はこのところ、他の岡っ引きに輪を掛けて大いに走り回らされている。

皆よりわずかに遅れて、臨時詰め所となっている百姓家の離れを出た巳之吉は、已《うま》の縄張りがある南の方角へは向かわず、道を北西《いぬい》へ採った。そうしてやってきたのは、隅田堤《すみだつつみ》のすぐ手前に建つ牛《うし》の御前《ごぜん》と呼ばれる神社の、鳥居《とりい》脇だった。

貧相な土産物屋《みやげ》が見世《みせ》の片側を葭簀《よしず》張りで囲っており、茶屋も兼業している。巳之吉は土産物屋の軒先《のきさき》へ首を突っ込むと、中で見世番をしていた女に声を掛けた。

「ご免よ、勇吉《ゆうきち》はいるかい」

見世の奥にデンと腰掛けた三十過ぎの女は、外の光で影になった男を目を細めながら見返し、ようやく相手を判別したようだった。

「あら、巳之吉さん。ちょうどいいところへ来なすったね。あと少し遅かったら御用に出ちまって、行き違いになるとこでしたよ——あんた、巳之吉さんが訪ねておいでだよ」

奥へ声を張り上げると、見世番をしていた女よりも十歳《とお》ほど年上に見える、がっちりした男が顔を出した。

「おう、巳之《みの》さんかい。どうしたい。この頃《ごら》ぁ、百花園の一件でずいぶんと忙しいんじゃねえのかい」

男は牛頭《ごず》の勇吉という通り名で知られた、巳之吉の同業者だった。勇吉が手札を頂戴《ちょうだい》しているのは巳之吉とは違って南町の定町廻り同心だが、二人は若いころに同じ親分の下で修業した仲であり、その後もずっと親交を保ち続けている。

さらに今の巳之吉からしてみると、勇吉との間に抱える事情はそればかりではない。勇吉は、南町の小磯とともに、百花園で三人の人死にが出たばかりのところへ駆けつけているのだ。

巳之吉は、勇吉へ苦笑してみせた。

「今も、旦那に尻をひっ叩《ぱた》かれてたとこよ。当たりをつけようにもどうにも掴みどころのねえ事件《ヤマ》なんで、おいらだけじゃなくって同業連中、みんな四苦八苦《しくはっく》してらぁ」

「確かに、おいらもあの場をこの目で見てるけど、何がどうなったのかぁいまだにサッパリ判らねえぐれえだからなぁ」

勇吉は、ふと思いついたように巳之吉を見返した。

「で、あんときの話をもういっぺん訊《き》きにきたってかい」

心の内に思うことはあろうに、巳之吉の苦労を思いやってか、何でもなさそうな顔をしている。

江戸の南北両奉行所は、表立って角突《つの》き合わせているわけではないものの、手柄を競い合う立場にある。老中が陣頭指揮に出てくるような重大事件は別にして、通常の案件では相手に協力を仰《あお》ぐことなく、それぞれ別個に調べを進めるのが当たり前になっていた。

同じ機能を有する組織を二つ置いたのは、競争と相互監視をさせるためだから、これは制度上当然のことだ。

そうした不文律《ふぶんりつ》を、勇吉は巳之吉のために破っている。百花園で見聞きしたことを、勇吉は巳之吉へ隠すところなく話していたのだ。

「いや、今日はちょいと違う話を聞きてえと思ってな」

「違う話？」

勇吉が、不審げな顔になった。

「ああ、もうちっと前のことだ」

「前のこと……」

「お前さん、百花園の一件が起こる前に、おいらんとこへ、白鬚明神社で死んだ瓦職の親方二人のことを訊きにきたろう」

「……ああ」

「なんでお前さんがそんな前から、あの人死にに目ぇつけたのかと、ふと気になってよ」

「悪《わり》いが、白鬚明神の一件へ目ぇ向けなすったなぁ、おいらじゃねえぜ。南町の、小磯って臨時廻りの旦那だ」

訊くべき相手を間違えているという言い方だった。しかし、巳之吉には小磯へ問えるような伝手《つて》がないのを知っての返答だから、申し訳なさそうな顔をしている。

「そいつぁ前にも聞いた——けど、その旦那と一緒にいて、お前さんにも何か思うところはあったんじゃねえかと考えたのさ」

問いを投げかけられた勇吉は、しばらく口を閉じたまま巳之吉を見返した。諦《あきら》めたような表情になって、ようやく言葉を発する。

「何の役にも立たねえぜ」

勇吉の返事を拒絶と受け取らず、巳之吉はあっさりと返した。

「そうと判っててもいろいろと聞いて回んのがおいらたちの仕事だぁな。骨折り損は今に始まったことじゃねえ。気にしねえで、おいらを得心させる気になってくれや」

下手《したて》に出られた勇吉は、大きく息を吐いた。

「なら、どっか話のできるとこへ移ろうかい」

「お前さん、これから御用じゃなかったのかね」

「なに、別に南町の旦那を待たしてるわけじゃねえや。どうにでも都合はつくさね」

巳之吉を追い越して先に表へ出ようとした勇吉の背中へ、見世番をしていた女房が声を掛けた。

「あんた、話なら隣の茶屋でやりゃあいいじゃないか。どうせ客なんて一人もいないんだしさ」

勇吉は、半分だけ振り向いて怒鳴り返す。

「うるせえ。御用のことに口出しすんなって、なんべん言われりゃ判るんだ手前は。どうせそうやって狸《たぬき》の置物《おきもん》みてえに腰ぃ据《す》えてんなら、客が来ねえときぐれえしっかり口を閉じてろ」

憤然《ふんぜん》とする勇吉の女房へ、巳之吉は愛想笑《あいそわら》いを浮かべながら頭を下げた。

「お園《その》さん、急で悪かったねえ。今度土産持ってきちんと挨拶《あいさつ》に来るからよ。今日んとこは、勘弁してくんねえ」

勇吉の女房のほうも、亭主の口の悪いのには慣れている。

「あいよ。巳之吉さんとこは子供も大きくなったろうから、一度みんなで遊びにいらっしゃいな」

「ケッ、御用の筋だって言ってんのにまだ判らねえ。これで御用聞きの女房だってふんぞり返《けえ》ってるんだから始末に負えねえぜ」

勇吉は、悪態だか独り言だか判然とせぬ言い方で見世の外へ出た。巳之吉のほうは、お園にもうひと言ふた言お愛想を並べてから同業者の後に続いた。

「その先に客の来ねえ水茶屋がある――まぁ、閑古鳥《かんこどり》が鳴いてんなぁ、うちも一緒だけどよ」

表で巳之吉を待っていた勇吉が、自嘲《じちょう》混じりに行き先を告げた。

どうやら、女房の耳にもあまり入れたくない話らしいと察しはついたから、巳之吉は「こっちが頼んだんだ、どこでも連れてってくんねえ」とだけ応じた。

二

勇吉が巳之吉を伴ったのは、己の旦那である南町の定町廻り同心村田直作《むらたなおさく》に、臨時廻りの小磯を初めて引き合わされたときに使った須崎村《すさきむら》の水茶屋だった。天気は悪くないのに、この日も水茶屋には勇吉ら以外に一人の客もいなかった。

二人は茶だけを頼んだ後、見世の主《あるじ》を外へ追いやった。勝手な振る舞いのようだがどうせ他の客はいないし、多少は茶代をはずむつもりだ。主の爺さんからすれば、そう悪い客でもないだろう。

「で、どうなんでえ」

見世の主の老爺《ろうや》が出ていってすぐ、巳之吉は単刀直入に問いを発した。先ほどの様子から、勇吉にはまだこちらに打ち明けていない話があることは判っている。

女房のいないところまでわざわざ引っ張ってきたところからすると、空《そら》っ惚《とぼ》ける気もないようだ。後は、当人が口を開くのを待つだけだった。

腰掛けに尻を乗せたときから難しい顔をしていた勇吉は、こちらを窺《うかが》っている巳之吉を、真一文字《まいちもんじ》に口を引き結んだまま見返した。その口から、ようやく言葉が出てくる。

「さっきも言ったけど、おそらくお前さんの役にゃあ立たねえぜ——いや、下手《へた》すりゃあ、お前さんの顔を潰《つぶ》すことになっちまうかもしれねえ」

己が想像していたよりも込み入った話のようで、巳之吉は思わず身を乗り出した。

「ともかく聞かしてくんねえ。そうじゃねえと、お前さんが何をそんなに案じてるのかもさっぱり見当がつかねえや」

それでもしばらく迷う様子だったが、勇吉はようやく話をする肚《はら》を固めたようだった。

「百花園で三人の人死にが出たとき、おいらが従ってたなぁ、手札をいただいてる旦那の村田様じゃあなくって、小磯の旦那だってこたぁ知ってるよな」

「ああ、お前さんからもそう聞いてるしな」

「つまりゃあ、白鬚明神の遺骸《ホトケ》を最初に気に掛けたのも、今度《こんだ》ぁ百花園が怪しいって当たりをつけて駆けつけたのも、みんな小磯の旦那の勘働《かんばたら》きだったってこった」

勇吉らしい、己の手柄を誇らぬだいぶ慎《つつ》ましやかな言い方だとは思ったが、話の腰を折ることを懼《おそ》れて巳之吉はただ頷《うなず》くだけにとどめた。

「なんでかは知らねえが、小磯の旦那は額《ひたい》の真ん中に負った怪我で死んだ遺骸に、ずいぶんと気を惹《ひ》かれていなすったらしい」

勇吉は、己が普段指図を受けている村田に小磯を紹介されたところから、順を追って話をしていった。

「なんだって！　白鬚明神社より前に、おんなしような人死にがもう出てたってかい」

雪見船で死んだ薬種商《あきな》いの隠居のくだりに勇吉の話が及ぶと、巳之吉は思わず大きな声を上げた。

「ああよ、おいらも小磯の旦那が白鬚明神の遺骸にずいぶんとこだわってるって聞かされるまでは、全く気づいちゃいなかったんだけどな」

「で、南の小磯様ってお方は、その後どうやって、まだ人死にが出る前の百花園へ当たりをつけなすったんだい」

「旦那も最初っから、次ゃあ百花園が怪しいと睨《にら》んでいなすったわけじゃねえ。一人目は寺島《てらじま》の渡し場の先の大川沖、次が白鬚明神社だったんで、その二つっから、さらにおんなしぐれえ南へ下った辺りってえことで、とりあえずは長命寺《ちようめいじ》へ足を向けられたんだ。

でもよ、何か特段の考えあってのことじゃねえ。居ても立ってもいられねえから、ともかく御番所《ごばんしよ》（町奉行所）から飛び出したってえのが、本音《ほんね》のところじゃねえかと思えたね」

「で、どうしたい」

「行っちゃあみたものの、どこでいつ何が起こるのか、ホントのとこは皆目《かいもく》見当がついてねえ。ボサッと突っ立って、周囲のどっかで何か騒ぎが起きるのを待つしかねえってことになった。

とっても間《ま》が持ちゃしねえだろ。そこで、おいらがくだらねえ話をひとつふたつご披露《ひろう》したと思いねえ」

話があっちこっちへ飛んでいそうで、巳之吉はわずかに苛立《いらだ》ちを見せた。が、勇吉は構わずに同じ調子で語り続ける。

「白鬚明神で死んだ瓦職の親方二人は、多聞寺《たもんじ》をお参りした後でやってきたところだったけど、その多聞寺は、昔ゃあ寺島の渡し場近くにあったそうだ――そんなつまらねえ話を申し上げたところが、とたんに旦那は百花園へ向かって駆け出されたのさ」

急ぎ足で向かっただけで走り出したわけではなかったが、小磯の勘働きの鋭さに心酔《しんすい》している勇吉の中では、実際そのように記憶がすり替わっているのかもしれない。巳之吉のほうは訳が判らず、「そいつぁどういうこってえ」と困惑《こんわく》顔になるばかりだった。

いいか、と勇吉はまるで自身の手柄話のように得意げに打ち明ける。

「最初に死んだ薬種商いの隠居は、昔多聞寺があった近辺の大川沖で傷を受け、次の瓦職の親方二人が死んだなぁ白鬚明神社だ。その二人が向島七福神巡りをしてる途中だったとくりゃあ、お前さんでもなんかピンと来るものはねえかい」

「昔多聞寺があったとこの次に、白鬚明神、そして百花園……まさか、七福神巡りの順番どおりに？」

半信半疑な様子の巳之吉へ、勇吉はゆっくり頷いた。

「ただの思いつきだったんだろうけど、そいつが大当たりだったのにゃあ、おいらも驚いたよ。けどな……」

「けどって、何だよ」

「百花園のこたぁ確かに大当たりだったんだけど――」

そう言葉を続けた勇吉を遮《さえぎ》り、何かに気づいた巳之吉は「ちょっと待て！」と大声を上げた。

「七福神巡りの三番目だったら、まだ終わっちゃいねえことになろうが。百花園の次は、ええと、長命寺の弁財天《べんざいてん》か――おい、最初の多聞寺が一人で白鬚明神じゃあ二人、三番目の百花園で三人だったとなると、次の長命寺じゃ四人じゃねえか」

こうしちゃいられねえ、と腰を浮かせかけた巳之吉を、勇吉は「そう早まるねえ」と落ち着いた声で引き留《と》めた。

「だってお前、そこまで平仄《ひょうそく》が合ってるとなったら――」

まくし立てようとする巳之吉へ、勇吉は「三番目の百花園まではな」と強い口調で言い切った。

「まではなって……じゃあ、その後は違うってえのか。おい、勇吉。そいつぁ一体全体《いってえぜんてえ》どういう理屈でえ」

詰問《きつもん》してくる巳之吉へ、溜息をつく。

「そいつは、おいらも知りてえよ――待てよ。そう、いきり立つんじゃねえ。別にお前さんをからかってるわけじゃあねえんだからよ。

肝心の小磯の旦那が、百花園で人死にの出たとこへ行き合わせた後、どういうわけだか、すっかりやる気をなくしちまったんだ」

「南町の旦那がどう心変わりをしようが、おいらの知ったこっちゃねえや。ともかく、次におんなしようなことが起きるのだきゃあ、なんとか防がねえと」

「だから、そう焦《あせ》りなさんなって――お前さんにここまでのことを打ち明けたおいらが、今お前さんの考えてるようなことを気に掛けなかったと思うかい。

いってえ、お前さんが訪ねてきたとき、おいらがどこへ行くつもりだったと思ってる？　そうだよ、長命寺だよ」

「なら、これから一緒に――」

そう口にした巳之吉を、勇吉は真っ直ぐ見つめ返した。

「お前さんがそうしてえってんなら、付き合ってやってもいいぜ。けどよ、前の三件はそれぞれ十日ほどしか間を置かずに次々と起こってたのに、百花園の一件が起きてからはもう倍の二十日近くになる。おいらもそろそろ、区切りをつけようかと思ってたとこだったんだ」

「……じゃあ、もう終わったと？」

勇吉は、首を振る。

「判らねえ。まぁだ七福神巡りで言やあ途中の三番目だったけど、あれっきりでもう終わっちまったのか、それとも小磯の旦那のお考えがただのまぐれ当たりで、実際にゃ何か別な理屈があって、あんなことになってたのか」

「別な理屈って？」

「だから、判らねえって言ってんだろ」

勇吉は、苛立たしげに吐き捨てた。しかしそれは、巳之吉のしつこさにうんざりしたからというよりも、己の無能さに舌打ちしたいがためのように見えた。

巳之吉は、相手を責《せ》めずに問いを変える。

「じゃあ、その小磯って旦那は何とおっしゃってるんでえ」

「何も」

「何もって……」

「おいらなんぞに言っても仕方がねえと思ってらっしゃるのか、それとも旦那にも、もう終わったようだって勘は働いても、人に『これこれこうだ』と筋道立てて話すことまではお出来にならねえからなのか――ともかく、なんで百花園の後は全くやる気を見せなくなったのかだって、教えてもらえちゃいねえんだよ」

勇吉とは付き合いの長い巳之吉の目からは、おそらく後のほうだろうという想像はつく。それでも、小磯という臨時廻り同心の心変わりは不可解だった。

「……でも、だからって、『そのまんま放っといていい』で済ませられんのかい」

せっつく巳之吉を見返した勇吉の目は、いつもに似合わぬほど冷《さ》めているような気がした。

「なら、どうする。訳も判らねえまま、大騒ぎするかい。実際、百花園で三人死んでから、もう二十日ほども何も起こっちゃいねえんだぜ」

巳之吉は、言い返す。

「半月以上起こらなかったからって、これからもずっと起こらねえたぁ限らねえだろう——お前さん、そんなふうに悠長《ゆうちょう》に構えてて、もしこの先長命寺で似たような人死にが出たなら、いってえどうするつもりでえ」

単に同じくお上の御用を承《うけたまわ》る同業者だからというだけではなく、己と同じく大事な務めを果たさんとする心からの仲間だと思えばこその、強いもの言いだった。

「そんときの覚悟はしてるさ。それによ、もし万が一そんなことになったら、おいらより先に小磯の旦那が腹ぁ切りなさるだろうぜ——こいつぁ喩《たと》え話《ばなし》なんぞじゃねえよ。小磯の旦那は、そのぐれえしっかり己の責務ってヤツを心得ていらっしゃらぁ」

「お前……」

巳之吉は、勇吉の小磯への心酔ぶりと、淡々とした言い方の裏に忍ばせた覚悟に絶句した。

しかし、だからといってこのままでいいはずはないと思い返す。一番心を赦《ゆる》した仲間と、これで手切れになるかもしれないと思いながらも言うべきことを口にした。

「勇吉よ。お前さんがそんなつもりなら、もう何も言わねえ。お前さん自身で思うとおり、好きにすりゃあいいさ。

けどよ、お前さんの話を聞いたからにゃあ、おいらまでこのまんま何もせずにおっ放《ぽ》っとくわけにはいかねえぜ。悪いが、横尾の旦那にお知らせして、こっちはこっちで動かさしてもらう」

巳之吉の結論を聞いても、勇吉は静かなままだった。

「こんなふうにすっかり打ち明けたら、お前さんがどう言うかぁ、判ってたさ。止めやしねえよ――けどよ、出てく前に、もうちょっとだけおいらの話に付き合ってくんねえ。

なに、そうときを取らせりゃしねえ。今の話を聞いて、すぐにもすっ飛んでいきてえのは判るけど、話をしてくれた相手へちっとでも恩を覚えたならよ、最後まできっちり聞いてく義理だって、当然あんだろ」

巳之吉は浮かせかけた尻を据え直して、勇吉を見つめ返した。

無言で促《うなが》された勇吉が言葉を続ける。

「向島七福神の順番どおりに人死にが出てるんじゃねえかって話が表に出たら、おいらが手札を頂戴してる村田の旦那の顔を潰すことんなる。それだけじゃねえ。下手すりゃあ、村田の旦那だけじゃあことは済まなくて、南町全体の落ち度ってことにもなりかねねえ」

巳之吉は、あっと思った。指摘されてみれば、確かにそのとおりだった。

最初の一人、大川の雪見船で死んだ薬種商いの隠居は、単なる自然死で片付けられている。それが、白鬚明神社、百花園と続き、数も増えていく人死にの発端《ほったん》だったという話になれば、定町廻りをはずされるどころか、御役御免で町方同心の職を追われるところまでいってもおかしくはなかった。

勇吉は、静かに続ける。

「だから、もしお前さんが自分の旦那の耳へ入れるつもりなら、おいらに話を聞いたんじゃあなくって、何から何まですっかり手前で気づいたことにしてくんねえ」

「勇吉、お前……」

そこまで考えを巡らせていながら、なぜおいらに話をした、と問おうとして言葉が出なかった。相手に答えを訊かずとも、それなりに捕り手としての経験を積み、また勇吉の性分《しようぶん》もわきまえている己には判る。

小磯という臨時廻りと勇吉の間にどれほどの付き合いがあるのかは知らないが、今の勇吉はすっかり小磯に惚《ほ》れ込んでいるようだ。その小磯が先を追い続ける意欲を見せなくなった以上、もう白鬚明神社や百花園で生じたようなことは再び起こるまいと、勇吉は信じている。

信じてはいる――信じようとしている、といったほうが正しいのかもしれないが、その一方、もし万が一同様のことが起きたならばという、憂《うれ》いも拭《ぬぐ》えずにいるのだ。だから、次に何かあるとすればその舞台となるはずの長命寺へ、旦那の村田にも告げずに己独りで毎日こっそりと見回りに行っていた。

心の中ではずいぶんと不安があったかもしれないが、小磯の見込みどおり――というのは勇吉の独《ひと》り合点《がてん》であるかもしれないものの、ともかく幸いなことに、これまで長命寺では何ごとも起こってはいない。

やっぱりもう何も起こらないのでは、と思えるようになってきたところへ、一番心を赦している昔の仲間が話を聞きたいと現れた。

もう起こるまいと思えるようになったのだから、口を拭って「知らぬ存ぜぬ」で通してもよかったはずだ。しかし、勇吉はそうはしなかった。

それは、なぜか。

今後も絶対に何ごとも起こらないという、確信までは持てていないから——それが理由であることは間違いない。お上の御用を承る手先として、恥じるところのない恒心《こうしん》を見せたのだった。

が、そればかりではあるまい。話を聞きにきたのが気心の知れた、そして捕り手としての手並みへも一目《いちもく》置いている巳之吉でなければ、やはり勇吉は何も喋《しゃべ》ってはいないはずだ。

巳之吉は、口にすることなく己への深い信頼を示して見せた勇吉の心根を、しっかりと受け止めた。

「委細《いさい》承知した」

巳之吉は、短くそれだけ口にした。後は、目と目で互いの想いを確かめ合う。

勇吉は無言のままだ。

「じゃあ、おいらは手前の御用に戻るぜ」

「ああ、そうしてくんねえ」

それだけのやり取りをして、勇吉をその場に残した巳之吉は水茶屋の外へ出た。

巳之吉は、陽射《ひざ》しの眩《まぶ》しさに思わず目を細めた。今日は、朝からのいい天気が一日中続きそうだった。

己が手札を頂戴する旦那の横尾は、まだ小梅村に設けた臨時の詰め所にいるだろうと考えて足を向けかけ――巳之吉は、ふと立ち止まる。

――おいらに後を任せて、勇吉はどうなる。

そんな考えが、不意に浮かんできたからだった。

お上の御用を勤める手先として、心に恥じるところのない行いに努める――ずっとそうした心意気でやってきたし、想いは勇吉だって変わらないはずだ。だからこそ、万が一にも長命寺で変事が起こることを怖れて、勇吉は全てを打ち明けたのだろう。

巳之吉が聞いた話の中身を己の旦那に告げれば、聞く耳を持っていらっしゃる――というよりも、今はどんな材料《ネタ》でも喉《のど》から手が出るほど欲しい旦那は、巳之吉のご注進に必ず飛びついてくるはずだ。

長命寺は寺社地で町方の管轄外だから、少々面倒な手順を踏むことにはなるかもしれないが、それでも万が一のときの手配りは、万全に敷かれると思って間違いない。結果、たとえ起こりそうになっても未然に防げるか、最悪でも一番ことを小さく収められると期待できる。

勇吉が確信に近いものをもち、いささかの不安がありながらも望んでいるように何ごとも起こらなければ、皆を徒労に巻き込んだとして巳之吉は大いに非難されるだろう。そのときは、勇吉の意向を受けて「全て己で思いついたこと」にした巳之吉自身が咎《とが》められれば済む話だったし、その覚悟は十分持っている。

――でも、本当にそんだけで済むんかい。

たとえ巳之吉が「全て己の思いついたこと」として北町奉行所が動いたとしても、雪見船で死んだ薬種商いの隠居が発端だったと明かされれば、どうしたって勇吉が危惧《きぐ》したとおりに「隠居の死を故障と見誤った」南町の同心に非難はいく。たとえ長命寺では何ごとも起こらなかったとしても、見逃したという疑いはずっと残るからだ。

巳之吉は、村田という勇吉の旦那を見かけたことはあっても深くは知らないから、その村田がどうなろうと知ったことではないと割り切ることもできる。そしてこたびのような場合でなかったら、よく知らぬ南町の同心のことなど、確かに気に掛けようともしなかっただろう。

――けど、それで割を食うのは、村田って同心をはじめとする南町の与力同心《おやくにん》だけだろうか。

そうではないと、巳之吉は知っていた。

勇吉自身も雪見船で死んだ隠居の調べに関わっていた以上、旦那が責めを負わされるときには全く無関係では済まないというばかりではない。無論、そのこと自体も憂慮《ゆうりょ》すべきことではあるが、考えを進める巳之吉はもっと深い懸念《けねん》を覚え始めていた。

――己の口にしたことがきっかけで自分の旦那が白い目で見られるようになっちまえば、あいつが平気でいられるはずはねえ。

おそらくは、表立って旦那が非難されずに済んでも苦しい立場に立たされたとなっただけで、自ら手札を返上するぐらいのことは考えられた。旦那がどんな処罰を受けるかによっては、己にもっと厳しい咎を与える覚悟まであるだろうと確信できる。

――だから、お園さんの近くじゃあ話をしようとしなかったのか。

今ごろになってようやく勇吉の考えの深いところまで思い当たったが、ではどうするかとなるといい考えは浮かばない。

もし、長命寺でも白鬚明神社や百花園と同じような騒ぎが起きると確信が持てたならば、こんな七面倒臭い《しちめんどくさ》いことなどいっさい考えることなく、長命寺での手配りを自分の旦那に進言するだけだった。

しかし、本当に起きるのかどうか、最初に勇吉から話を聞いたときとは違って、今は定かなこととは思えなくなっている。

――じゃあ、黙っていいのかい。そんで実際にことが起きちまったら、おいらは後悔しねえと言えんのかい。

勇吉が心の内に抱えた二進《にっち》も三進《さっち》もいかない状況が、今は己の身にも降りかかっていた。しかも、他人からそんな目に遭《あ》わされたわけではなく、我知らずのうちに自ら好んで嵌《は》まり込んでしまったのだ。

「畜生《ちくしょう》」

巳之吉は歯噛《はが》みをした。どうにも身動きの取れなくなった己に、ただ舌打ちするばかりだった。

三

本日は非番で休みをもらっている南町奉行所臨時廻り同心の小磯文吾郎は、八《はっ》丁堀《ちょうぼり》の自宅でのんびりと庭を眺めていた。

庭といっても、小磯が身を入れて丹精《たんせい》しているようなことはない。普段は御番所の仕事で一日中家を空けているし、たまの休みともなればこうやって何をするでもなく、ただぼんやりとときを過ごしているだけだった。

それでも、草ぼうぼうにもならずにいちおう見られる体裁《ていさい》を保っているのは、妻がそれなりに手を入れているからだろう。とはいえ素人《しろうと》の仕事、とても結構な造りとはいかない。

ただ、小磯のように無粋《ぶすい》な人間が毎日目にする風景としては、どこもかしこも妙に整っているよりかは落ち着く、ということもまた確かだった。

「お茶でも淹《い》れましょうかね」

縁側《えんがわ》でのんびり日向《ひなた》ぼっこをしている夫へ、台所のほうから座敷へ入ってきた老妻の絹江《きぬえ》が問うてきた。

「ああ、頼もうかい」

小磯が気負うところ一つなく応える。小磯は、御番所の中では珍しい「白湯《さゆ》好き」で通っていたが、実際にはそんなこともない。

町奉行所は役目柄、町人との関わり合いが深く、誼《よしみ》を通じたがる者も少なからずいるし、付け届けも多い。役所の中で使う茶葉などは、財政の窮乏《きゅうぼう》に悩む小大名では普段口にできぬほどの高級品が、途切れることなくどこかの富商から贈られてくるのだった。

そうした「お届け物」を、与力同心はごく当たり前のこととして贅沢《ぜいたく》に使うのだ。茶など、一杯淹れてわずかにときを置いただけで、次の者は「出がらし」として捨てて新たな茶葉を急須《きゅうす》に投入する。

煩《わずら》わしいことが嫌いな小磯が構わずそのまま湯を注ぎ入れようとすると、横合いからお節介《せっかい》が口を挟んでくるようなことがよくあった。いつのころからか、小磯は鉄瓶《てつびん》の湯を直《じか》に己の湯飲み茶碗に注ぐようになって今に至っている、というのが御番所における「小磯の白湯好き」の真相だ。

いったんはずした妻が運んできた茶を、小磯はゆっくりと口元へ運ぶ。御番所で使っているのと変わらぬほどの、良い茶葉だった。

小磯とて、付け届けを全て拒《こば》むような堅物《かたぶつ》ではない。この時代、仕事を円滑《えんかつ》に進めるための合法的な手段としての贈答は、現代よりもずっと緩《ゆる》い基準で捉《とら》えれており、小磯も「この時代の常識」を超えない程度の付き合いは、役所でも自宅でもごく当たり前に行っていた。

「最近よく来ていた、勇吉とか申すお手先は、このごろとんと姿を見せなくなりましたねえ」

亭主に茶を供した場でそのまま膝《ひざ》を折った絹江は、小磯が目をやるのと同じほうを眺めながら、ふと思いついたように口にした。

「ああ、あいつにはあいつの縄張りがあって、走り回らなきゃならねえ用事だって次々出てくる。いつまでもこんな年寄りに付き合ってるワケにゃあ、いかなくなったんだろうさ」

小磯のほうも、世間話そのままの調子で応じた。

「そうなんですか。ずいぶんと熱心に旦那様を口説《くど》いていたように見えましたけど」

小磯は、思わず老妻を見返した。

絹江も町方の内儀である。仕事には口を挟まないのが常の有りようだったし、茶を出すようなわずかなときを別にすれば、小磯と勇吉が話す場に残って聞いているようなこともなかった。

しかし、聡《さと》い女だ。見るところはきちんと見ていたようだ。

「こんな爺さん口説いたって、浮いた話のひとつにもなりゃしねえ——で、どうした。何か勇吉に気になるとこでもあったかい」

いいえ、といったんは首を振った絹江だったが、亭主の様子を横目で見ながら思うところを告げた。

「気になるところと言えば、勇吉さんじゃあなくって、旦那様のほうですけれど」

指摘を受けた小磯は驚く。

「俺かい？　このごろは、ナンか変だったかい」

「いつも黙々とお仕事をこなされているのが、暮れぐらいから、お若いころのように何かに熱心に取り組むようになったと見受けました。それが、急にパッタリやんだと思ったら、今度はあの勇吉さんというお手先が旦那様の代わりに躍起《やっき》になり始めたようで。

まるで、流行病《はやりやまい》が旦那様から勇吉さんに感染《うつ》ったとたんに、旦那様のほうは憑《つ》き物《もの》まで落ちたようでございますよ」

小磯は、「憑き物が落ちたかい」と苦笑した。「そうかもしれねえなぁ」と、庭へ目を戻す。

小磯について、「百花園の一件が起こった後は急に探索の意欲を失った」と、勇吉は巳之吉に語ったが、必ずしも一件のすぐ後からそうだったというわけではない。

三人の人死にが出てすぐに駆けつける格好にはなったものの月番は北町であったから、南町の同心を勤める小磯は、急場での対処を超えてさらに一件に関わり続けるというわけにはいかなかったのだ。

偶々《たまたま》その場に居合わせた見物の衆からすれば、驚天動地《きょうてんどうち》の出来事が起きたすぐ後に町方同心が現れたことには、ずいぶんと心強さを覚えただろうものの、北町の連中から見れば小磯は目障《めざわ》りな邪魔者に過ぎなかった。

いつもだったら、目の前の一件からは離れたふりをして密かに探るようなことを平気で行う小磯だったが、「余計な場所にしゃしゃり出てきて、自分らを間抜けに仕立て上げた目立ちたがり」として北町の与力同心が己の一挙手一投足《いっきょしゅいっとうそく》を注視している中では、老練な臨時廻りも動きようがなかったのである。

それでも、己の推測が正しければ、昨年の暮れから正月明けまでの短い間に、合わせて六人もの人死にが出ている。北町任せにして「もうおいらの手は離れた」と突き放すようないい加減さは持ち合わせていなかった。

勇吉は、小磯の勘に従えば次に何か起こりそうな長命寺を密かに見張り、「いまだ異常がない」旨《むね》を日々報《しら》せてくるようになった。小磯のほうも、最初は勇吉が訪ねてくるのを心待ちにしていたところがあったのだ。

しかし、わずかでも怪しい様子があると勇吉から告げられることはなかった。そうやって日を重ねていくうちに、小磯の心には、それまで深いところに潜んだまま気配ひとつ表さなかった思いが、不意に浮上してきた。

——ホントに、向島七福神巡りのとおりに人死にが出てたのか。おいらが百花園で三人の死に行き当たったなぁただの偶然で、実際にゃあ人死には、全く別な理屈で出てんじゃねえのか。

そうした、己の考察への懐疑《かいぎ》である。

雪見船での隠居の死、それに白鬚明神社、百花園と起こった人死にの間隔を考えれば、「もうそろそろ次が」と思える時期が近づいてきて、勇吉はいよいよ焦りだした。が、小磯のほうはどういうわけか、逆にだんだんと冷めて――切迫感が薄らいでいったのだった。

勇吉は、小磯の腰が急に重くなったことに当惑し、どうにかもう一度焚《た》きつけようと、岡っ引きが町方同心に対してできる範囲のことは全てやった。小磯の妻絹江が「口説いていた」と言ったのは、このころの勇吉の様子についての話だ。

勇吉は、わざわざ己から引き合わせてもらうことを望んで向島まで出向き、その後もさんざんに引きずり回した岡っ引きだった。相手を熱くさせておいて今さら己だけ急に手を引くような態度を取るのは、気の毒だし申し訳ないと思う。

それでも、小磯はなぜか動こうとはしなかった。

勇吉や巳之吉が案じたように、「北町の縄張り荒らしをするような挙に小磯が出るためには存念の全てを明らかにせねばならず、結果こたびの一件でいろいろと手を貸してくれた定町同心の村田の面目《めんぼく》を失墜《しっつい》させることになるのを避けたかったから」、というわけではない。

この先長命寺で必ずたいへんなことが起こるという確信があったならば、小磯は村田どころか、己が属する役所の長である南町奉行筒井伊賀守《つついいがのかみ》に迷惑を掛けることになったとしても、敢然《かんぜん》として大きな声を上げたであろう。

では、なぜか。

あるいは、己が抱《いだ》き始めた疑義のもうひとつ裏側に、当人も気づかぬ本当の意識が隠れていたのかもしれない。

――こたびの一件は、もう終わってる。七福神巡りが関わってたかどうかはともかく、この一件がらみで新たな人死にが出るこたぁ、もうねえ。

そんな、何の根拠も見当たらない想いだ。

やがて、それまでの人死にの間隔からすれば何ごとか起こってもおかしくないと思われるときに至り、勇吉は居ても立ってもいられない様子を見せたが、長命寺でもそれ以外の場所でも、一連の人死にの続きではないかと疑われるような騒ぎは起きなかった。

そうした推移を目《ま》の当たりにしたためか、あるいはこれ以上小磯のところへ日参してもときを無駄にするだけだと諦めたのか、勇吉はぱったりと姿を見せなくなった。しかし、長命寺周辺の警戒を独力で続けることは、やめていないようだ。

小磯はふと、勇吉とともに一連の人死にを探り始める因《もと》となった、もっと前の人殺しについて思いを馳《は》せた。一件は江戸の南西のはずれで起きた、商家の主夫婦による奉公人皆殺しであり、もう一件はお城の北東、浅草田圃《あさくさたんぼ》で凶刃《きょうじん》が振るわれた辻斬り騒ぎである。

かけ離れた土地で起こった全く関わりのない殺しに見えたが、それぞれの現場に立ち会った小磯は奇妙な共通点を見つけていた。いずれの殺しでも、凶行に及んだと思われるほうも死んでいるのだが、その傷が偶然とは思えないほどに似通っていたのだ。

小磯が白鬚明神社での人死にに気を惹かれ、わざわざ自分から首を突っ込んだのも、同じような傷が死んだ者に残されていると耳にしたからだった。

——だがよ、詳しく聞き込んでみりゃあ、全く違った傷だった。

お奉行からの承諾を取り、密かに先の二件の殺しを調べていた小磯は落胆《らくたん》したが、同時に向島での騒動について、見逃しにはできないほど奇妙な一致点に気づいてしまった。それが、勇吉を引きずり回して行った、一連の探索だった。

その向島の騒ぎについては、落着はしていないもののこれ以上の進展はないと、小磯は見切りをつけている。かといって元の調べに戻るわけでもなく、ただ定町廻りの手伝いだけにときを費《つい》やしているのが、このごろの小磯の有り様である。

商家の奉公人皆殺しや浅草田圃の辻斬りにも、向島での一連の人死にのように見切りをつけたのかといえば、決してそうではない。しかしながら、元の探索を再開しようにも、取っ掛かりになりそうな糸口ひとつ新たに見つけ出すことができないままだった。

これでは、調べを進めたくとも動きが取れない。今、北町奉行所の連中が白鬚明神社や百花園での人死にで壁に突き当たっているのと同じ状況が、原点を振り返った小磯にも生じていたのである。

それでも、意気込みだけは以前と変わらないほどに滾《たぎ》るものがある——そう胸を張りたいところだが、正直なところ、商家の奉公人皆殺しや浅草田圃の辻斬りについて、同じだけの意欲を持ち続けているようには己でも思えなかった。

新たに小磯の心を捉えて離さないのは、ほんの一瞬だけ目にした、他の者からすればどうでもよいようなつまらない情景だ。

それは、三人の人死にが出た百花園に駆けつけたときのことだった。次々と人が倒れ、次第に騒ぎとなる中へようやく到着した小磯が、原因を求めて周囲を見回した際に、二人の人物が目に飛び込んできた。

粗末な衣《ころも》を纏《まと》った、どこにでもいそうな僧侶と、その僧侶に連れられた十四、五ほどに見える男の子だった。取り合わせは珍しかったものの、小磯が今直面している一大事とは関わりはなさそうだったから、普通ならばそのまま見過ごしてしまったはずだ。

ところが小磯は、菅笠《すげがさ》の陰から覗《のぞ》くその子と目が合ったとたん、釘付《くぎづ》けになってしまった。

――なんであんなに静かで、そしてとんでもなく悲しい目をしてる？　いったい何を己の内側に抱えりゃあ、あんな目の色になるんだ……。

そのときの子供の姿は、いまでもはっきりと脳裏《のうり》に浮かべることができる。

小磯は声を掛けようとしたが、目の前を見物人が行き過ぎた一瞬のうちに、連れの僧侶ともども子供はどこかへ掻《か》き消えてしまった。急ぎ足で二人が立っていた場へ向かい、行方《ゆくえ》を捜したものの、ついに見つけることはできなかった。

――まるで、幻《まぼろし》だったような。

己の供をしていた小者をはじめ、その場にいた見物の衆に訊いても二人の目撃《もくげき》譚《たん》はひとつも得られなかったから、あるいは小磯の見間違えだったのかもしれない。

しかし、小磯にはどうしてもあの二人が気の迷いによる錯覚《さっかく》だとは思えずにいた。さほどに、二人――特に少年のほうは、小磯に強い印象を残したのだ。

――また、いずれどこかで。

今は、そう考えている。たった一度、見物で賑《にぎ》わう人混みの中で一瞬だけ目にした相手と、この広いお江戸でまた遭えるとは限らないはずだが、小磯は一度だけ見た少年へ向け、己の心の中で勝手にそう誓《ちか》っていた。

四

「ところで、道斎《どうさい》先生でございますがね」

不意に押し黙ってしまった夫へ、絹江が持ちかけてきた。

「道斎がどうしたね。また、癇癪《かんしやく》を起こして手習い子を追い出しでもしたかい」

町方の同心は、幕臣でも最も下の階層に属する御家人《ごけにん》で三十俵二人扶持《ににんぶち》という薄給《はっきゅう》だが、それでも与えられる屋敷には、長屋暮らしの町人では考えられぬほどの広さがある。八丁堀の住人は、他の御家人連中がやっているような提灯《ちょうちん》作りや朝顔《あさがお》栽培などといった内職に励む者がほとんどいない代わりに、広い敷地の一部に家作《かさく》を建てて、人に貸し出すようなことをして副収入を得ていた。

とはいえ町の治安を預かる立場から、あまり妙な者に家を貸すわけにはいかない。ために八丁堀与力同心の借家人には、医者などが多かったという。

小磯のところもご多分に漏れず、庭の隅に貸家《かしや》を作って人に貸し出すことをやっていた。

借り手は親子二代に亘《わた》って住まう、儒者《じゅしゃ》の浪人者だった。父親の代から同心の子息を含む近所の子供らを集めて手習いをやっている。

親父は先年亡くなって、今手習いの師匠になっているのは息子のほう、名は竪《たて》柴釜之介《しばかまのすけ》、雅号《がごう》を道斎と称する男だった。この道斎先生、学問は湯島《ゆしま》にある昌《しょう》平坂学問所《へいざかがくもんじょ》の教授方にも可愛がられるほどに「出来る」らしいのだが、亡き父親とは違ってどうも人に教えるほうはあまり得手《えて》ではないらしい。

ことに、親に無理矢理通わされて当人は全くやる気がないという子供が相手だともういけない。大人げないといえばこれほど大人げない人物も珍しいのだが、たちまち頭から湯気を立てて、やる気のない者は手習い塾から追い出してしまう有り様なのだ。

当然、父親のころと比べて手習いに通う子供の数は大きく減っている。店賃《たなちん》も滞《とどこお》りがちなようで、妻に恐縮しながら頭を下げているところを小磯も何度か目にしているのだが、ずっと知らないふりを通していた。

借家人が手に余れば自分のところへ妻がすぐに相談にくるはずと、任せっきりにしていたのである。

小磯は廻《まわ》り方《かた》同心（定町廻りや臨時廻りなどのこと）を長年勤めてきたため、ここ数十年付け届けなどが途切れたことはなく、夫婦二人暮らしに下働きの下男下女一人ずつを雇っているだけの家は内証《ないしょう》豊か（家計に余裕があること）であった。屋敷の隅に貸家を建てたのも、半分は子供好きの妻が手習い子の様子を見るのを楽しみにしていたためなのだ。

にもかかわらず、近年庭先を通っていく子供の数が減ったのへ寂《さび》しい思いをしているかというと、あながちそうでもないらしい。手習い塾の切り盛りが上手《うま》くいかず店賃などで迷惑を掛けてくる道斎の面倒をそれとなく見てやるのが、絹江にとってこのところの新たな暮らしの張りになっているようだ。

「まあ、それは今に始まったことではありませんから」

絹江は、また教え子を減らしたのかという夫の問いに、何でもないことのように応える。では何だ、という顔の小磯へ、内緒話でもするようにそっと告げてきた。

「どうやら道斎先生にも、ようやく遅い春がやって参りましたようで」

今日の絹江がどこか浮き立っているように見えた理由が、小磯にもようやく判ってきた。

「ほう、あの堅物がねえ――このところ珍しいぐれえいい陽気が続いてるようだが、まさか大雪でも降るんじゃあるめえな」

夫の冗談に、絹江は「まあ」と軽く咎める目をしてきた。

「で、相手はどこの学者の娘だい。まさか、そこいらの茶屋女や楊枝屋《ようじや》の売り子なんぞに一目惚れした、なんていう話じゃねえだろうな」

盛り場の水茶屋や楊枝屋はいずれも、給仕や売り子に美人を雇って、鼻の下を伸ばした男の客を通い詰めさせる商売だ。道斎のような初《うぶ》が熱を上げたのならイチコロだろう。

「それがですねえ」

と、絹江が言い淀《よど》んだ。

ただの軽口のつもりが図星だったかと妻を見返したが、なんとも微妙な顔つきをしている。どうやら、「妙な女に熱を上げているから意見してくれ」とか、「女房持ちになってどう暮らしを立てていけばよいのか、相談に乗ってやってくれ」

というような願いではないらしい。

「なんだい、お前でも言いづらいような相手かい。まさか、どこかのお大名の姫様ってわけでもねえだろう」

「そこまでじゃあ、ないんですけど……」

語尾が途切れたのへ、また視線がいってしまった。なんだか悪い予感がする。

黙って見つめ続けると、ようやく相手の名が出てきた。

「山崎《やまさき》様のところの、春香《はるか》さんです」

聞いたとたん、小磯は「うーん」と唸《うな》ってしまった。

山崎平兵衛《へいべえ》は、小磯と同じ南町奉行所の臨時廻り同心である。先日も夜半過ぎに辻斬りで呼び出しがあった際、呑《の》み過ぎてしまっていた山崎に代わって小磯が出向くなど親しくしている。

しかし、だからこそ却《かえ》って難しいといえば難しい。

ただの借家人だからといって突き放してしまえればよいのだが、道斎のことをほんの小さいころから知っているとなれば、それなりに情が湧《わ》く。一方、もし山崎に「こういう話があるのだが」と持ちかけたなら、どう言い訳しようが向こうもきちんとした縁組みの申し入れと受け止めかねない。

「道斎とはずいぶんと歳が離れておるのではないか。それに春香は、まだ子供だろう」

ときを稼《かせ》ごうと、周辺の話題を持ち出した。

「春香さんだって、今年でもう十七になりましたよ」

嫁《とつ》ぐのは早いといえば早いが、幼《おさな》すぎるということはない。続けられた妻の言葉に、小磯は目を剝いた。

「まぁ、確かに十歳《とお》近く離れてますけど、これぱっかりは周りがとやかく言ってもねえ」

「なんだ、道斎が勝手に熱くなってるだけじゃねえのか」

絹江は無言で見返してきただけだったが、表情が「違う」と言っている。

小磯は憮然《ぶぜん》として呟《つぶや》いた。

「いってえどこでそんな間柄に——まさか！」

今度も絹江は無言だったが、小磯は自分の思いつきが当たっていたことを知った。

春香は、母親の使いで届け物をしによくこの家へ顔を出していたし、絹江から裁縫《さいほう》などを教わっていると聞いたこともあった。絹江も、春香のことは自分の娘

ときおり見せるようなところを、いつも見せない表情をしているから
かけたことがあるだけですよ」
「いえいえ、そんな。行き帰りに立ち話をしているかもしれない。
には、問い詰めたと受け取られているかもしれない。
ますます難しい顔になって小磯が尋《たず》ねた。
「お前、前から知ってたのか」
のように可愛がっている。

こんな言い訳が、探索の練達者《てだれ》に通用するわけがない。
「それだけで、どうして二人が好き合ってるなんて判るんだい」
「いえ、つい先日までは、それだけだったんですけどねえ——ほら、西海屋《さいかいや》が蔵
開きの祝いで山崎様のところへ持ってきた饅頭《まんじゅう》のお裾《すそ》分《わ》けがあったでしょう。
あのとき、持ってきてくれたのが春香さんだったのですけれど、なんだか泣き腫《は》
らしたようなお顔をしてちょっと様子がおかしかったもんですから、呼び止めて
お話を聞いてみたんですよ」
蔵開きは、商家が正月十一日前後に行う商いはじめの祝いだ。西海屋は山崎が
定町廻りをしていたころからの出入りだったから、その付き合いが今も続いてい
るのだろう。

絹江に「饅頭を食うか」と問われたときにどこからの到来物《とうらいもの》かという話も出たはずだが、そのときは右から左へ聞き流していた。ともかく、今からひと月近く前の話になる。

「で、知ってるのは今んとこお前だけかい。山崎と内儀は？」

「静音《しずね》さんは、応援してあげたいようですけど」

静音は山崎の妻の名である。

「春香が、そう思いたがってるだけじゃないのか」

もともと夢見がちな若い娘のことだ。孤立無援《こりつむえん》の恋路《こいじ》が苦しくなって、つい願望を現実のことだと思い込んでいてもおかしくはない。

「そこは、静音さんにそれとなく確かめましたから」

絹江は、抜かりはないという顔をしている。静音に上手く持ちかけられる潮合《しおあ》いを覗《うかが》っていたため、しばらくときが掛かった。それを受けてさらに己の亭主へ話す機会を待った結果、この時期になったと思われる。

「静音さんが、あんな朴念仁《ぼくねんじん》の甲斐性《かいしょう》なしとの縁を、応援してるって？」

あまりの意外さに本音が出たのを、絹江は「口が過ぎる」と非難の目で見てくる。それでも味方につけねばならぬときだと思ってであろう、窘《たしな》めてはこなかった。

「秋乃《あきの》さんのことがありましたからねえ」

秋乃は春香の姉娘だ。器量《きりよう》よしで二年ほど前に与力の嫡男《ちやくなん》へ縁付《かたづ》いたが、姑《しゆうとめ》との折り合いで苦労しているという話は小磯の耳にも入っていた。

秋乃当人はあまり気乗りがせず、山崎も身分違いの縁談に二の足を踏むところがあったものを、玉の輿《たまのこし》の良縁に静音が大乗り気になって決まった話だった。今ごろになって、娘の苦労に後悔を覚えているらしい。

「しかし、春香も春香だ。姉に劣《おと》らぬほどの器量がありながら、選《よ》りにも選ってあんな――」

さすがの小磯も再びの非難の目に気づいて、語尾を濁《にご》した。

「春香さんだって、お姉さんの苦労は見てますからね」

嫁姑の話だけではない。そちらは風の噂《うわさ》に聞こえてきただけだったが、秋乃の亭主となった与力嫡男の遊び人ぶりは、御番所の中でも陰でよく話題にされていた。

先々、己や跡継ぎの上役になろう男であるからには、関心が向くのも当然だといえる。

「それで、山崎は何て言ってる」

一番肝心なところだ。いかに姉娘のことで静音が後悔していようとも、満足に己の暮らしも立てられぬような男を、山崎が妹娘の伴侶《はんりよ》として認めるとは思えなかった。

「ですから、お前様に訊いていただこうと、こうしてお話をしているのでございますよ」

――やれやれ。いずれの家も、知らぬは亭主ばかりなりか。

小磯は、そっと溜息をついた。

五

深夜の堂宇《どうう》の中。早春にしては珍しく温気《うんき》が籠《こ》もっているように感じられるのは、その場にいる者らの人熱《ひといき》れのせいか。

しかし、人の輪を避けるかのように部屋の一番遠い隅に置かれた小さな燭台《しよくだい》ひとつでは、車座をつくった者らの輪郭《りんかく》を朧《おぼろ》げに浮き立たせるばかりで、表情どころか顔つきすら見定めることは叶《かな》わなかった。

ともかく、その場にいる全員が禿頭《とくとう》だということは判る。自分たちを、『評議の座』と呼ぶ者どもの集まりだった。

「その後、どうか」

一座の中でも飛び抜けて背の高い男が声を発した。万象《ばんしょう》という名の、取りまとめ役である。

「新たな『芽吹き』の気配は、今のところ感じられませぬ」

答えたのは、ふくよかな両頬《りょうほほ》を垂らした輪郭の男だった。万象の補佐を務める、宝珠《ほうじゅ》という者だ。

「何とやら申す、町方の動きは」

万象による再度の問いに答えたのも、宝珠だった。

「我らに気づきかけているのではと疑われた、町方役人にござりますか。以後は、大人しくしているようで」

宝珠の報告に一座の気が緩みかけたのへ、反論する者があった。小柄で固太りの影は、樊恵《はんけい》と呼ばれている。

「とはいえ、胸を撫で下ろすのは早《はよ》うござろう」

「どういう意味か」

「彼《か》の町方同心、どのような手立てを使ったか次の騒動が百花園で起ることを予測しながら、その場で我らの始末が終わった後は、パタリと動きを止めましてございまする」

「芽を摘《つ》んで、ことは終わったのであろう。なれば動きを止めるのも当然ではないのか」

横合いから口を挟んだ者へ、樊恵はぞんざいに返した。

「他の町方の面々は何が起こったのかも判らぬまま、ことの重大さに右往左往《うおうさおう》しておる中で、ただ一人探索から手を引いたのだぞ——まるで、我らが『芽を摘んだ』のを、その者のみは知っておったかのようではないか」

相手が押し黙ったのへ、駄目押しをかける。

「それにそもそも、彼の町方同心はどのようにして次の芽吹きが百花園で起こると予測できたのか。我らの手の者ですら、ようやく察知し得たのは直前であったというのに」

当然、答えは返らなかった。

万象が、樊恵に問う。

「そなたは、彼の町方同心が我らの『耳目衆《じもくしゅう》』のような能力《ちから》を持っておると申すか」

「判りませぬ。が、もし探索の腕でそこまで迫ったとするならば、端倪《たんげい》すべからざる能力だと申せましょう。我らにとっては、そのほうがより危険な相手となり得るのではないかと、危惧致しております」

ここで、細身の影が初めて口を開いた。知音《ちいん》と呼ばれる僧である。

「結論づけるのはあまりにも早すぎましょう」

それまで異論を吐くにも落ち着きをみせていた樊恵が、知音の言葉には強く反《はん》駁《ばく》した。

「そなたのように悠長《ゆうちょう》なことを申していて、万が一我らのことが発覚してしまったならばどうする。世は大騒ぎとなり、我らとてこのままでは済まぬぞ」

対する知音の声は、どこまでも平静だった。

「我らは自ら望んでこの影のお役目に従事する身。たとえどのようになろうが、皆それぞれに覚悟はできておりましょう」

「愚昧《ぐまい》は保身で申したのではない。大騒ぎとなり我らが身動きも取れぬようになってしまっては、当節芽吹きが増えておる中ますます世は乱れ、やがてこの日《ひ》の本《もと》が破滅を迎えるということが判らぬか」

「ですから、まだそんなところまで憂慮すべき事態には至っておらぬと申し上げておりまする――そして、備えると仰《おお》せのようだが、いかにして備えると？　相手は鬼でも魔でもなく、ただの人でござりまするぞ」

この問いに、樊恵は意地悪く応じた。

「そなたが以前より擁護《ようご》する天蓋《てんがい》の小組は、芽を摘む場に居合わせた小僧を亡き者にせんとしたと申すではないか。我が言に異を唱えるなれば、まずは天蓋を罰すべきであろう」

ここまでの言葉を浴びせられても、知音の声音《こわね》はいささかも揺るがなかった。

「愚僧《ぐそう》はこれまで、天蓋やその小組を特別扱いしたことはございませぬ。ただ、使わねばならぬときには迷うことなく用いるよう、皆様に進言しただけ。そして使うからには、なるたけ動きやすいよう配慮してやるのも当然のことだと存じます。

また、あの者らに人を亡き者にせんとする動きがあったということを否定するものではござりませぬが、結局、思い留《とど》まっておりまする。考えを改め、正しき道を選んだからには、罰する理由はないものと考えまするが」

「正しき道か」

ここで二人の論争に、万象が割って入った。

「そこまでじゃ――確かに知音の申すとおり、彼の町方同心をどうこうするという検討は早計であろう。が、樊恵の危惧もゆえのないものではない。なれば、彼の町方同心からは目を離さず、注視を続けることとする。もし、我らがことや芽吹きの有りように気づきそうになったならば――そのときは、皆でまた十分話し合《お》うて、よりよき結論を出そうではないか」

問題をただ先送りするだけのような発言だったが、この場にいるのは全員が殺《せっ》生戒《しょうかい》に縛られるべき僧侶である。どこからも異論は出なかった。

宝珠が、懸念を口にする。

「万象様のお考えはもっともなれど、注視を続けるというのはどのようにして。耳目衆を、そちらにも振り向けるということにござりましょうや」

「芽吹きへの監視が、薄くなってしまうやもしれませぬな」

誰かが、宝珠の疑問に応じて呟く。余計な手間を掛けたために本来の仕事が十分こなせなくなるのであれば、確かに本末転倒《ほんまつてんとう》だった。

「振り向けるのが二人ほどなれば、大丈夫にござりましょう」

樊恵が吐き捨てる。

あっさりと断じたのは、知音だった。皆の目が知音に向く。

「先般の、一連の芽吹きへの対処により、我らには天蓋の小組という新たな手立てを得ることができました」

「天蓋の小組を、耳目衆の代わりに使うか」

「先日のこの場の評議にて、天蓋らは芽吹くかは確実ではないが、その疑いが強いところへ出すことが了承されました。なれば一歩進めて、不確実でもわずかな疑いあればそこへ向かわせることとするなら、負担の軽くなる耳目衆の監視は、むしろ全体では強まることまで期待できるものと存じますが」

万象が一座を見回したが、反論は出ない。

「では、そのように進めようか」

「ただし、彼の町方同心に差し向ける耳目衆は、できるだけ練達《れんたつ》の者を。かほどの探索の上手《じょうず》ともなれば、なまなかな者では気づかれてしまうやもしれませぬゆえ」

「却って我らの存在を、先方に報せることとなりかねぬか――あまり同じ者に長く続けさせずに、交代でやらせることも考えたほうがよかろうな」

知音の念押しに、万象は大きく頷きながら己の考えも付け加えた。

第二章　見鬼《けんき》

一

江戸では、毎年二月最初の午《うま》の日を、初午《はつうま》として盛大に祝う習慣がある。季節的には余寒《よかん》が残り、年中行事といえるものも少ない「商売上がったり」のこの月を、なんとか賑やかして景気づけようと目論《もくろ》んだ商人たちが、仕立て上げた催事《さいじ》だとも言われている。

天保《てんぽう》八年（一八三七）は、十日が初午の日に当たっていた。

それぞれの町内では子供たちが『万年講《まんねんこう》』を組んで集まり、お稲荷《いなり》様の幟《のぼり》や狐《きつね》の絵馬、土人形などをかざして練り歩く。

「お稲荷さんのお初、お十二銅、お上げ……」

甲高《かんだか》い子供らの声が、おちこちで響き渡っていた。現代の我々には却って西洋の行事である収穫祭《ハロウイン》を彷彿《ほうふつ》とさせる面があるが、当時の子供らには、このようにして菓子や銭などをもらい歩く習慣があったのだ。

菓子や銭を集めるのは「勧化《かんげ》」が名目となっており、銭については餅《もち》代や油揚げ代にしてお稲荷さんへお供《そな》え物《もの》をする建前になっているのだが、おそらくは子供らの小遣い銭として消えた金も少なくなかろう。

「餓鬼《がき》どもは、苦労がなくっていいねえ。親のおいらたちは、明日の米も買えようかって毎日《めえんち》胃の痛い思いをしてるってえのによ」

この日のために出された縁台に座って賑やかな行列を眺めながら、裏長屋の住人が言った。家から煙草盆《たばこぼん》を持ち出してきて隣に座った近所の親父が、一服しながら合いの手を入れる。

「太平楽《たいへいらく》でいられんのも今のうちだぁ。あと十年するかしねえかで、あいつらもみんな親とおんなし苦労を味わうようになるんだからよう」

「違《ちげ》えねえ——ああ、おいらもどうにかして、あんな苦労知らずのころに戻りてえもんだなぁ」

天保四年に始まり、後に天保の大飢饉《だいききん》と呼ばれることになる天候不順はいまだに続いていた。この年の前年には、飢饉中二度目の大凶作を経験している。

それでも五十年ほど前に起きた天明《てんめい》の大飢饉のときとは違って市中がなんとか落ち着きを保っているのは、天明期の混乱を教訓に、官民それぞれができる努力を重ねているからだった。

前回打ち壊しに遭って家財の多くを失った米商人は、買い占めで米の値上がりを期待する金儲《かねもう》けだけに走らず、お救い米の供出などを自主的に行っていた。ただしこれは、民衆に敵視されて再び強奪や破壊の憂き目《うきめ》に遭うことを避けるための、保身の策という側面が大きい。

幕府も、各地から江戸への回米《かいまい》を増やす政策を推し進めている。小磯が属する南町奉行所では、年番方《ねんばんかた》与力の仁杉五郎左衛門《ひとすぎござえもん》が陣頭指揮を執《と》って米を買い集め、飢民《きみん》を寄せた御救小屋《おすくいごや》の施粥《せがゆ》に充《あ》てていた。

とはいえ、飢饉の波は確実に江戸の町にも押し寄せている。

米の値はジリジリと上がり、暮らしに余裕のなくなった庶民はたまの贅沢も控えるようになったため、景気は落ち込んでいた。懸命に押し留めようとはしているものの、諸国からは食い詰めた者らの流入が引きも切らずに続いている。

初午を迎えた稲荷社には五色の幟が飾られ神楽《かぐら》が舞われ、長屋の木戸にも大提灯が吊《つ》り提《さ》げられるなど例年どおりの華やぎを見せてはいるものの、心なしかここ数年は賑わいが減っているようにも思われた。

この不景気にあっても初午の祭礼の費用が全て、ところの地主持ちともなればなかなか「盛大に」とはいかないのも当然のことなのではあるが、「地主の野郎は吝嗇《りんしょく》（ケチ）だ」と、口さがない者らは勝手なことをいい散らかす。

当の地主にしてみれば、子供らの太平楽をうらやむ長屋の面々も、きっと「人の苦労を知らない」呑気《のんき》な連中に見えていたことであろう。

この日、一亮《いちすけ》は千代田《ちよだ》のお城から南西《ひつじさる》の方角、麻布桜田町《あざぶさくらだちょう》にいた。

今日、一亮を連れ歩いているのは僧侶の天蓋ではなく、桔梗《ききょう》だ。桔梗は、質素ではあってもそれなりに着飾った町娘の格好をしていた。

これに合わせた服装の一亮との二人連れは、天蓋の思惑どおり実の姉弟《きょうだい》に見えなくもない。初午で浮き立つ町中を歩くのに、僧侶と少年の二人連れでは目立ちすぎると天蓋が考えての人選であり、二人の装《よそお》いだった。

目は切れ長で薄い唇《くちびる》を真一文字に結んだ桔梗は、顔立ちからして男勝《おとこまさ》りそのものだが、着飾っても凛《りん》とした姿は一幅《いっぷく》の絵のようで、すれ違う男ばかりか若い娘たちの目も惹いて離さないようだ。

「娘さん、ここいらじゃあまり見かけない顔だねえ」

ときに浮かれた男が声を掛けてくるようなこともあるが、感情をいっさい表に出さぬ冷たい目で見返されると、皆言葉を失ってしまう。笑顔も引き攣《ひ》り気味に立ち尽くす己の脇を、ツンと澄《す》ました桔梗が無言でただ通り過ぎるのを、男どもは黙って見送ることになるのだった。

「一亮。こんなとこへ連れてきちまったけど、大丈夫そうかい」

隣を歩く桔梗が、顔を寄せて囁《ささや》いてきた。せっかく町娘の格好が似合っているのに、言葉遣いで台無しだ。

が、一亮はそんな考えはおくびにも出さない。もし口にしようものなら、最後まで言い終わる前に、桔梗が大いに怒り出すに違いないからだ。

桔梗はこんな格好をさせられることが嫌で仕方がないのだ。綺麗《きれい》だなどと褒《ほ》められても、冷やかされているとしか受け止めないだろう。

一亮は、それと知っていてわざわざ危うい目に遭う気はなかった。

「これまで、見知った者は一人も見かけていません」

二人がそぞろ歩く桜田町から、西へ半里(約二キロメートル)と少し行けば、つい先日まで市松《いちまつ》の名で奉公していた身延屋《みのぶや》のある宮益町《みやますちよう》に辿り着く。主夫婦と奉公人のほとんど全てが殺されて見つかった商家から、ただ一人消え失せた市松——一亮がこんなところで目撃されたら大騒ぎとなることは必定《ひつじよう》だった。

桔梗に返答した一亮の声はいつもよりくぐもって聞こえたが、口中の両頰の裏側にきつく綿《わた》を詰めているとなれば当然のことだろう。含み綿《ふくわた》に加え、胴回りや腹にも詰め物をしているから、着物の内側の肌《はだ》はじっとりと汗ばんでいた。

さらに一亮は、薄く化粧までさせられている。今、一亮が住まう浅草寺奥山《せんそうじおくやま》には芝居小屋がいくつも建てられており、衣装替えから身支度《みじたく》まで、驚くほどの速さで済ませられたのだった。

もし見知った者とすれ違っても、気づかれないための工夫である。それでも桔梗は心配なようで、訊かずにはいられなかったのだろう。

連れの返事に、桔梗はわずかに眉《まゆ》を寄せた。再び顔を近づけて囁いてくる。

「あんた、いい加減その馬鹿っ丁寧《ていねい》な喋り方は直しな。前々から言ってるだろう——こんな場でもし人の耳に入ったら、変に思われちまうよ」

一亮は己より背が高い年上の娘を思わず見返す。「その言葉そっくりそのままお返しします」という返事は心の中だけに留めて、口答えはしなかった。

一亮は、己が歩いている通りを改めて見渡した。

両側に町家の軒が連なり、奥のほうにはずらりと寺が建ち並んでいる。こうした町並みは門前町（成り立ちは寺社地）に多いのだが、ここは昔っからの町人地だと教えられていた。

西側の寺の並びが途切れる辺りに、勧明院《かんみよういん》という神宮寺《じんぐうじ》を備えた稲荷社がある。霞山《かざん》稲荷と呼ばれる神社で、桜田町の初午はこの稲荷の祭事《さいじ》であった。

――祭りの賑わい。子供らの無邪気な声。吾《われ》も、ついこの間まではその中の一人だった。

今はどうか。

――身延屋で旦那様やお内儀様が変わられた姿を見て以来、人の死ぬところを数多く見てきた。

しかも、ただの死に方ではない。無残に殺され、襤褸布《ぼろきれ》のごとく無造作《むぞうさ》に扱われるところを、繰り返し目の当たりにしていた。

あれから今日までたったふた月ほどしか経っていないのに、己はいったい幾人の死を目にしたことだろうか。

改めて考えてみれば、その数すらきちんと認知していない。一亮はようやく自覚した事実に愕然《がくぜん》とし、そんな己の変わりように恐怖を覚えた。

――変わりよう？　吾は、身延屋での出来事で変わったというのか。それ以前は、また違っていたといえるのか。

自問しても、答えは返らない。

――たったひと月足らずの間に起こった、大勢の人の死。しかも、それだけで終わったわけではないことを、吾は知っている。

知っていてなお、殺戮《さつりく》が続けられる場に黙々と従っている。

――吾は、何者か。

殺される側には、いない。身の危険を覚えることがなかったわけではないが、かつてそうなりそうだったところを救われてからは、少なくとも相手の為《な》すがままに殺される側には立っていない。

では、殺す側にいるかと問えば、必ずしもそうは言い切れないところがある。己には、手を下した経験も、その能力もないからだ。

人を――たとえそれが「鬼」と呼ばれるような極悪非道《ごくあくひどう》な者であっても、己の手を汚して始末することを期待されていないという今の己のあり方は、心を責め苛《さいな》まれずに済む、ある意味ありがたい扱いだった。

しかしその一方、健作《けんさく》や桔梗が命を懸けてまで成し遂げようとしている行為を、ただ安閑《あんかん》と見ているだけで済ます自分という存在が、唾棄《だき》すべきほど疎《うと》ましいものに思われることもまた事実なのだ。

「お菊《きく》ちゃん、お菊ちゃんよう」

人を呼ぶ声が、お囃子《はやし》や行き交う人々の喧噪《けんそう》の中に混じって聞こえてきた。迷子だろうか。誰か、はぐれた人がいるようだ。

そんな周囲の雑踏《ざっとう》とは関わりなく、一亮の内省《ないせい》は続く。

――吾は、何者か。なぜ、こんなところにいるのか。吾は今のままでいて、果たしてよいのであろうか。

再び心の中に湧いた疑念は、やはり答えの出ないものだった。

天蓋に問えば、中身がどのようなものかは別にして、きちんと返答してはくれるだろう。理屈としてなら、満足すべき答えが返ってくるような気もする。

しかし、問おうとは考えなかった。他人の出した結論に、たとえそれがどのようなものであったにせよ、己が得心できるとは思えなかったからだ。

己には、新たに与えられた今の生き方を、拒《こば》む術《すべ》はない。あるとすれば、それは自ら死を選ぶ途《みち》ぐらいであろう。

桔梗か健作に与えられる死か、あるいは自ら赴《おもむ》く死か、いずれかは判らない。拒んだことで刃を向けられるなら、それはそれで構わなかった。どうせ見逃されても、己には独りで生きていく術などないし、生きていたいと思う生気にすら欠けているのだから。

しかし、確かに死そのものを怖れてはいないとしても、今の己は生きることを已《や》めようという気にもなっていなかった。新たに与えられた生き方を拒むことは容易《ようい》ではあったが、それが正しいことなのかどうか、まだ見極めがついてはいない。

――他の奉公人と一緒に死ぬはずのところで、吾一人生き残った。いや、吾のみが生かされた。

なれば、何もせず、何も知るところのないまま、勝手に死ぬことは許されない。

――いま少し。天蓋さま方のやっていることの、中身をきちんと得心できるまでは。

一亮の隣を歩く桔梗は、連れの少年が急に押し黙ってしまったことを、ほんのわずか不思議に思った。でも、自分に怒られたことを省《かえり》みているのだろうと考え直し、声は掛けなかった。

落ち込む要はないさ、などと言ってやるつもりはない。たとえ相手のことを気に掛けていても、気分を引き立てるために甘い言葉を口にしてやることなど、どこかの気のお優しいお嬢様のする振る舞いで、己なんぞには決して似合いはしないと考える娘だった。

二

天蓋を通じ、『評議の座』の意向はおおよそのところ桔梗や健作にも伝えられていた。だから、こたび麻布の地まで出張《でば》ってきたのが「わずかな疑い」のみを理由としていることも承知していた。

なれば、「知人に見つかるやもしれぬ一亮をわざわざ伴うような危ういことをする要はあるまいに」と桔梗は天蓋に抗議したものの、聞き入れてはもらえなかった。

「向島の地であの者が示した業《わざ》は、そなたも見たであろう。誰も感知できなんだ鬼の所在を、一亮のみがはっきりと摑んでおった——そればかりではない。一亮は、相手が一人でないことや年格好、使う得物まで見極めた。

こたび、我らが出張るとなった上は、耳目衆の目は離れる。もし行った先で我らが見逃してしまうようなことがあれば、誰も知らぬ間に芽吹きが起きる事態となりかねぬ。なれば、わずかな疑いしかない――言い換えれば気配定まらぬような場所だからこそ、どうしても一亮の扶《たす》けが要るとは思わぬか」

却ってそのように説得されてしまったのだった。

とはいえ、「疑いが薄い」場所であることに変わりはない。わざわざお城を挟んだ反対側まで出張ってきたのにただのそぞろ歩きで終わりそうなことは、最初から覚悟していたから特に拍子《ひようし》抜《ぬ》けもしなかった。

――ただし、こんなチャラチャラした格好させられんのは、もう二度とご免だけどね。

桔梗は、心の中でそう吐き捨てる。文句を垂れながら袖《そで》を通したときには、口とは裏腹に恥ずかしいと同時に少々うれしい思いも感じはしたのだけれど、健作に何か言われたとたん、そんな浮ついた心持ちはいっぺんに吹っ飛んでしまった。

馬鹿にしているのかと頭から決めつけて怒鳴り散らし、天蓋が懸命に宥《なだ》めなければ脱ぎ捨ててもう絶対に着ようとはしなかっただろう。

二人は、上、中、下とある桜田町の、上町から中町へさしかかったところだった。桔梗が一亮へ呼び掛ける。

「せっかくだ、お稲荷さんへお参りしていこうか」

もはや、討魔のお勤めであることは、半分頭から消えている。もう何も起こらないだろうと警戒を解いた、お気楽なもの言いだった。

桔梗らとは違い、自分らがどういう状況にあって、どういう心づもりで元の奉公先の近くまで来させられたのか聞かされていない一亮は、引率者《いんそつしゃ》の言葉へ素直に頷く。

二人は町家の脇から延びる参道に踏み入り、鳥居を潜《くぐ》った。参道の両側には、飴細工《あめざいく》や金魚すくい、玩具《おもちゃ》売りなど様々な屋台が並んでいる。

江戸生まれだと聞いているし、さすがにこの程度の祭りは幾度も体験していように、一亮はずいぶんと興味深げにひとつひとつの屋台見世を見ながら足を進めているようだ。

「まずは拝殿《はいでん》できちんと手を合わせてからだけど、欲しい物があんなら、帰りにひとつぐらい買ってやるからさ」

機嫌《きげん》のよい声で言ってきた桔梗を、一亮はちらりと見返した。

「いいえ、別に欲しい物はありません」

「そんなに高い物があるわけじゃなし、遠慮することはないんだよ」

討魔の勤めはいわば「陰働き」で、桔梗には見世物小屋の芸人という表の仕事がある。祭りの屋台の品物を買ってやるぐらいの懐《ふところ》の余裕は、十分にあった。

「いえ、ホントに――こんなにのんびりと見るのはずいぶんと久しぶりだったので、懐かしい思いで見ていただけですので」

一亮のつれない応えへ、桔梗はただ「あら、そう」とのみ返した。口調に感情を交えるつもりはなかったが、好意を無にされて気分を害した冷ややかさが、自分で実際思っている以上に声に出た。

一亮は、小さな声で「すみません」と謝る。

桔梗は宙を見上げ、連れの一亮に気づかれぬよう静かに息を吐いた。

――何やってんだい。一亮がこんなふうな子供だから、あたしみたいにきつい女《の》でも、まともに付き合えてるんじゃないか。

一亮は、瀬戸物屋の商家から天蓋が連れ帰ってよりずっと、「たいへんな目に遭っておかしくなっちまったんじゃないか」と本気で疑ったぐらい、感情の起伏を見せない子供だった。でも受け答えはまともだし、自分の身の回りのこともきちんとできている。

これが、そこいらにいるごく当たり前の餓鬼だったなら、見も知らぬところに連れてこられて閉じ込められたというだけで、大騒ぎをしていたことだろう。そんな餓鬼がしばらくして己に対する扱いに馴《な》れてきたなら、今度は逃げだそうとするか、あるいは天蓋や自分たちに媚《こ》びを売って殺されまいと必死になるか、ともかく生きるための「欲」を見せて当然だった。

もし一亮が他の子供のような当たり前の反応を見せていたら、我慢強いとはとてもいえない桔梗はうんざりし、途中で匙《さじ》を投げていたはずだ。

ところが一亮は、「やれ」と言われたことには素直に従い、それ以外のときは与えられた塒《ねぐら》へ静かに籠もり、ただ淡々と日々を送っている。そんな子供だから、桔梗はこれまで一亮に対しては一度も癇癪を起こすことなく、気分よく世話をしてこられた。

——でも、こんなんで、何が楽しくて生きてるのかね。

今までもときどき心に浮かんだ思いが、また改めて頭をよぎる。

これがただ大人しいだけの子供であったなら、桔梗はたちまち興味を失い、やはり世話をする気など失っていただろう。身の回りの面倒を見させるだけなら、天蓋は、奥山の住人の中で口の堅い者の中からいくらでも代わりを見つけている。

しかし一亮は、天蓋が見極めたように、ただ運の良さだけで惨劇《さんげき》の場を生き延びたわけではなかった。その証《あかし》として、百花園では自分たちばかりでなく、今の桔梗たちではどう足掻《あが》いても足下にも及ばぬ壱《いち》の小組を率《ひき》いる、小頭《こがしら》の無量《むりよう》までもが驚くほどの能力を示してみせた。

──一亮の、取っ付きづらいこの気性《きしよう》と、誰も気づかないほどわずかな鬼の気配を察知する能力は、どっかでつながってるんだろうか。

そんな興味を抱かせるところも、桔梗が他の者に任せずに、自ら進んで一亮の世話を焼き続けている理由のひとつだった。

桔梗は、俯き加減になってしまった一亮へ向かい、極力普段どおりの声音に聞こえるよう意識しながら口を開いた。

「祭りの屋台見世を見るのが久しぶりだって、奉公に出たのはつい最近のことだろう」

返事が来るまでには、やや間が開いた。

「近所の友達は、もうみんな奉公や住み込みの修業に入ってましたから」

「親父《おやじ》さんは」

「日傭取《ひようと》り（日雇い）の仕事だけで精一杯でした。帰ってからは夕餉《ゆうげ》を摂《と》って寝るだけで、祭りを見物にいくような元気は残ってません」

こんな返答を聞かされると、「そうかい」としか受け答えのしようはない。

物心ついたときには亡くなっていたと聞いているから、「じゃあお袋さんは」と訊けはしない。日傭取りだったとなれば、「精一杯」なのは父親の体力ばかりではなく、暮らし向きもそうだったろう。

つまりは、祭りに行っても共に見物して笑い合う親も仲間もおらず、買い食いをするような金もなかったということだと思われた。ならば、ここ数年は祭りに行く気がしなかったとしても、得心がいく。

――でも、そうなら余計に屋台見世の品が欲しくなったりするもんじゃないのかね。

そんな思いつきが頭に浮かんで、桔梗はもう一度誘ってみようと一亮のほうへ目をやった。

すると一亮は、どこか一点を気にしながら足取りを遅らせ始めていた。

——やっぱり、気になる物を売ってたんじゃないのかい。

からかい半分でそう声を掛けようとして、桔梗は途中から笑顔を消した。一亮の様子が、これまでとどこか違う。

「一亮」

呼び掛けられてハッとした一亮は、前へ向き直って足取りを戻そうとした。

桔梗は相手の肩に手を置いて足を止めさせ、静かに問う。

「何か、気になることがあるんじゃないのかい」

訊かれた一亮は、困惑気味に応じる。

「いえ……どういうことはありません」

桔梗は、曖昧《あいまい》な応えを許さなかった。

「何にもないわけじゃないんだろう——はっきり言いな」

「はっきりと言われても……ただ少し気になっただけで、はっきりどうと言えるようなことじゃないんです」

そう答えた一亮を、桔梗はじっと見たまま、まだ動き出そうとはしない。参道を行き交う祭り見物の衆が何人も、「お悪戯《いた》をした弟が姉に怒られているところか」と、二人を除《よ》けて流し目で見ながら過ぎ去っていく。

桔梗は一亮にじっと視線を注いだまま再び問うた。

「そのはっきりしないってえのは、向島でお前が坊さんを百花園に連れてったときと、おんなしような心持ちじゃあないのかい」

指摘された一亮は、わずかに考え込んでから桔梗と視線を合わせた。

桔梗は、答えを聞く前に口を開いた。

「行こうか。案内しとくれ」

その声は、奉公先の主夫婦が人殺しに変じた折、初めて一亮が桔梗を見たときと同じくらい厳しいものだった。

三

桔梗を伴った一亮は、屋台見世と屋台見世の間の狭い隙間《すきま》をすり抜けて裏へ回ると、参道から町家の間へ抜ける細い路地の一本へ少しの躊躇《ためら》いもなく踏み込んだ。そのまま、連れを顧《かえり》みることなくズンズンと進む。

建物や塀《へい》、垣根に囲まれた路地はうねうねと曲がり、妙なところから何本も枝分かれをしていて、まるで迷路の中を歩いているような気分にさせた。それでも、一亮の足取りは、何度も通ったことがあるかのように迷いがない。桔梗のほうは、道なりに体の向きを変え、角を曲がるうちに、自分が今どちらの方角を向いているのかさえ定かでなくなっていた。

ようやく、一亮が足を止めた。その視線の先にあるのは、一軒の仕舞《しも》た屋《や》だった。

さほど長いこと歩いた憶《おぼ》えはないのに、初午のお囃子は遠くから聞こえてくるようだ。目の前の家ばかりでなく、この昼日中《ひるひなか》にもかかわらず、周囲もなぜか寝静まったように森閑《しんかん》としている。

二人の前に建つ仕舞た屋は、こぢんまりとした、上下二部屋ずつあるかないかというほどの二階建てだ。造作《ぞうさく》は古く、閉められた入口の格子戸には薄く埃《ほこり》が溜まっていた。

家の中は、周囲に輪を掛けてひっそりとしているように感じられた。留守にしているというより、空き家になってしばらく経っているのではないかと思わせる佇《たたず》まいだ。

それでも、一亮の視線は動かない。じっと目を向けたままようやく一歩前へ踏み出そうとして——後ろから桔梗に肩を摑まれた。

前に出ようとするのをやめ、振り返る。

桔梗は一亮を見返すことなく、仕舞た屋へ注意を向け続けていた。無言のまま一亮の前に出ると、戸口には向かわず、忍び足で家の外を裏へと回っていく。

風が通り過ぎただけかと思わせる影がひとつ、桔梗の後を追っていった。どこにいたのか、一亮には気配《けど》を全く気取らせなかった健作だった。

一亮の隣には、別な影が並ぶ。こちらも、今初めて存在に気づいた、托鉢僧《たくはっそう》の格好をした天蓋だった。

桔梗と健作は、しばらくして表のほうへと戻ってきた。口を開くことなく、首を振ることで「中の様子は知れない」と伝えてくる。

顔をわずかに仰向《あおむ》け、網代笠《あじろがさ》の際《きわ》から二人の様子を見た天蓋は、頷くようにして次の指図を送った。

健作がそっと戸口に近づき、桔梗は健作を背にして周囲を見渡す。健作が手を当て、顔を近づけて格子戸の具合を確かめている間、桔梗は自分らを見る目が周囲にないか、警戒を続けた。

やがて健作は、密着するほどに近づけていた体を格子戸から離すと、もう一度手を添えてそっと力を込めた。健作が何か手を加えたのか、あるいはもともとそういう具合だったのか、格子戸は音もなくするすると開いた。

開け放った戸の脇に佇む健作の前を、桔梗が滑るように通り抜ける。無言で踏み出した天蓋が続いた。

健作が自分のほうを見て立っているのに気づき、一亮も慌てて足を前に出す。健作が一本立てた人差し指を口元へ持っていくのを目にして、前に出る勢いを殺した。

三人が中へ入るのを見届け、最後に健作が続く。格子戸を閉める前に、健作はもう一度外の様子を覗った。仕舞た屋の周囲は、ひっそりと静まり返ったままだった。

森閑として物音ひとつ聞こえてこないのは、中に入っても変わらなかった。一亮は、息を殺しているはずの己の呼吸音が周囲に響き渡るような思いにとらわれ、一瞬目を閉じて気を鎮《しず》めた。

しばらく風も通していなさそうな家の中は埃っぽく、人が暮らしていたときの名残《なごり》か、わずかに味噌臭《みそくさ》いような匂いが漂っていた。

――誰もいない？

しかし、一亮が肌に感じる「実際の風ではない冷風」は、外にいたときより一段と強まっている。一亮は無言のまま、二階へ上がる階段を指さした。

連れの子供の動きに気づいた皆の目が、階段に向かう。

最初に動いたのはやはり健作で、階段に近づき一段目に足を乗せようとする。しかしなぜか思い返し、体重を掛ける前に段から足を離してしまった。

「軋《きし》む」

皆のほうを振り返った健作は、声を出さず口の動きだけでそう伝えてきた。

健作と桔梗は、何か他に上へ上がる手段はないかと周囲を見渡す。しかし、ごく当たり前の造りの家に、そんな手立ては用意されているはずがない。

――気づかれるのを覚悟して、一気に踏み込むか。

顔を見合わせた二人が目顔でそう話し合っていると、頭からはずした網代笠を一亮に預けた天蓋が二人の前に踏み出してきた。

天蓋も無言のまま、両手を胸の前で合わせて目を閉じた。わずかに顔を俯け、じっとしている。

――読経《どきょう》？

発声をせぬまま、心の内で何かの経を唱《とな》えているようだった。

しばらく念じたまま身動きしなかった天蓋が、目を開けて二階を見上げた。それが合図だったのか、健作と桔梗の二人が動き出す。驚いたことに、どう見ても古くガタがきていそうな階段は、二人の重みを受けても全く音を立てなかった。

二人が昇りきったのを見た天蓋の視線が、一亮に移された。

無言の促しを受けて、一亮がおずおずと前に出る。恐る恐る、階段に足を踏み出してみた。

一亮の足の裏は、まるで石坂（石段）を裸足《はだし》で踏んだように、硬くてしっかりとした感触を伝えてきた。

思い切って踏ん張る。やはり、軋み音ひとつ立たない。後は、足早に昇っていくだけだ。

二階まで上がった一亮は、背後に天蓋の昇ってくる気配を感じながら、桔梗や健作の姿を探した。

階段を昇りきったところは廊下《ろうか》になっており、左側が窓、右側に二つ部屋があって障子《しょうじ》が閉められている。

窓には雨戸が閉《た》てられたままで陽射しは入ってこなかったが、二人が奥の部屋の障子の前に取りついているのはすぐに判った。障子を透《す》かして、奥の部屋の灯《あか》りがこぼれ出していたからだ。

頼りない灯りとは裏腹の、体が後ろへ押し倒されてしまいそうなほど凄《すさ》まじい冷風を感じて、一亮は一歩も前へ進めなくなってしまった。その脇を、天蓋が素早くすり抜ける。

己らのそばまでやってきた天蓋に、二人は場所を空けた。わずかに開いた障子の隙間から、天蓋が部屋の中を覗き込んだ。

部屋の中では、男が一人蹲っていた——いや、男の背中に隠れているが、部屋の中には誰かもう一人いるようだ。

わずかに見える裸足の足先や着物の柄から見て、男が己の前に横たえているのは幼い女の子のようだった。眠っているのか、女の子は身動きひとつしない。

じっと横たわった女の子を見ていた様子の男は、何をきっかけにしてか、ようやく動き出そうとしていた。

息が掛かるほど近くまで、女の子の顔に己の顔を寄せる。目を閉じた幼い顔をそのまま眺めていたかと思うと、やおら舌を出して頬をぺろりと舐《な》め上げた。人とは思えぬほどの、ずいぶんと長い舌だった。

一度やり出すと、もう男の動きは止まらなかった。女の子の顔中を涎《よだれ》でベタベタにして、耳の穴も鼻の穴も舐め回す。顔中汚すところがなくなると、今度は腕へと移った。

そうして両腕、両足と舐め回し、いったん満足したのか傾けていた体を起こす。またじっと女の子を見下ろしていたが、何を思ったのか、今度は乱れた裾《すそ》から突き出している右足を持ち上げた。

男は女の子の足を口元まで持ってくると、口を大きく開けた。

普通の開け方ではない。己で顎《あご》の関節をはずし、顔の長さが二倍になったような開け方だ。

歯は全て剝き出しになり、手の小指ほどの長さのある上の犬歯《けんし》の先から涎が滴《したた》った。

そのまま、身動きひとつしない女の子の脹脛《ふくらはぎ》に齧《かぶ》りつこうとした。

部屋の中の様子を、天蓋、健作、桔梗の三人は、声もなくじっと見つめていた。

――今、まさに男は芽吹かんとしている。そのときこそ！

三人は、ときが至るのをひたすら待っていた。

女の子に齧りつくことで男の中の鬼が顕現《けんげん》しようとするその寸前、予測もしなかったところから叫び声が上がった。

「やめろっ」

驚いた三人が視線を転ずる。天蓋ら体術の達者が全く気づかぬうちに、いつの間にか移動していた連れの少年が、二つの部屋の間の襖《ふすま》を、大きな音を立てて開け放った。

——一亮……。

三人いずれもが、呆気《あっけ》にとられてその場に固まった。商家の主夫婦が奉公人を皆殺しにしようとした場では、隠れるだけで精一杯だった大人しげな少年が、まさかこのような挙に出るなどとは考えもしていなかった。

男は女の子の足を抱え、顔中口にしたような歯を剝き出しにした姿のままで、一亮を見返した。

「何してる。それが人のやることかっ」

一亮は、男に非難を叩きつけた。「息をしているのかどうかも判らぬ」と形容したくなるほど大人しげな少年が、今は炎を吐くような言葉を男に叩きつけていた。

「グァ」

男が、初めて声らしきものを発した。驚きが、次第に邪魔をされたことへの怒りと憎しみに変わっていくのが、表情から見て取れた。

「御坊」

健作が、天蓋へ鋭く囁き掛ける。「もういいだろう」と、動き出すことへの許可を求める催促《さいそく》だった。

四

「どうして侍が辻斬りをするまで、桔梗さんたちは出てこなかったのですか」

浅草寺奥山に連れてこられた一亮は、天蓋に伴われ、「鬼」だという侍が人を殺す場面を見せられたとき、天蓋に質《ただ》した。

「ただの辻斬りならば、町方の仕事」

それが、天蓋の答えだった。

天蓋ら僧籍にある者が携《たずさ》わる討魔の業は、鬼や魔を封ずるためのもの。人の為すことについては、それがどれだけ非道であっても、関わることはない。

ゆえに、天蓋らは男が完全に鬼と化すのを待った。討魔衆としての、規範であり守るべき一線であったからだ。

しかしその規矩《きく》は同時に、天蓋らの足枷《あしかせ》であり軛《くびき》でもあった。目指す相手がただの人殺しではなく、人外のモノに化生《けしょう》したと確かめられて初めて、討魔衆は力の行使を許されるのだ。

だから天蓋も桔梗も健作も、鬼らしいと強く疑われる者が残忍に人を殺す様《さま》を、感情を押し殺してじっと見守ってきた。さらには、自分らの存在が世に知れ渡ることを避けるためもあって、鬼が己の仕事を終えるのを待ってからようやく動き出すような、もどかしくも迂遠《うえん》な手立てを取ってきたのだった。

一亮は、そんな討魔衆の決まりごとも、天蓋らの自制も、あっさりと破り捨ててしまった。

しかし、だからといって一亮を責めることはできない。当人の考えをあえて聞くこともせぬまま半ば強引に連れ回していたのは、他でもない天蓋の意向で行われたことであったし、であるからには、連れ回した先での一亮の行動に全ての責任を負うのも天蓋であるべきだからだ。

ともかく、今は責任云々《うんぬん》をいっている場合ではなかった。

目の前には、すでに顕現しかかった鬼がいる。そしてその鬼の前には、自分らが仲間だと認めた一亮が、全くの無防備で身を曝《さら》しているのだ。

健作は素早く天蓋へ動くことへの許可を求めたが、桔梗のほうは委細《いさい》構わずもう飛び出していた。

「グァウ」

もう一度吼《ほ》えた男——鬼は、手にした女の子の足を離すと、身構える素振りもないまま不意に一亮へ向かって飛びかかった。ただ、その場から足を伸ばしただけの、まるで蛙《かえる》か飛蝗《ばった》のような跳躍《ちようやく》だった。

突然のことで、一亮は急速に大きくなってくる男の顎《あぎと》から身を躱《かわ》すこともできずにただ突っ立っている。桔梗が飛び出してこなければ、一亮は呆気なく男の牙《きば》に掛かっていたことだろう。

一亮の前に立ち背に庇《かば》おうとした桔梗は、間に合わないと瞬時に判断すると咄《とつ》嗟《さ》に右手の手裏剣を投げ打った。

「何だって！」

驚きの声を上げたのも、桔梗のほうだった。

一亮へ向かい一直線に跳んでいた男が、桔梗の動きに合わせるように、宙空を直角に曲がったのだ。

カツン。

目標に回避された桔梗の手裏剣は、部屋の隅の柱に虚《むな》しく突き刺さった。

どのようにしてか宙で方向をくるりと変えた男は、まるで蹲るような格好で、天井の梁《はり》からぶら下がっていた。

「ケケケ」

天井から逆さまになって桔梗を見下ろした男が、嘲笑《あざわら》うかのような啼《な》き声《ごえ》をあげた。

頭上の男を見返しながら、桔梗が顔の右脇に次の手裏剣をかざして構える。

「健作、よい。あやつは間違いなく鬼ぞ」

天蓋は、健作にもようやく動く許可を与えた。

部屋と廊下の境に立ったまま、健作が右手を鋭く振る。見えない糸が、その手から男へ向けて放たれた。

が、男は健作の糸も簡単に避けた。天井へ格子状に張られた梁を、スルスルと伝って移動したのだ。まるで、体の重みなどないかのような動きだった。

「こいつ、チョコマカと」

桔梗が嫌悪《けんお》の感情も露《あら》わに吐き捨てた。

その桔梗へ向かい、男はまた反動もつけずに飛びかかった。

身構える桔梗。しかし、男が己のすぐ直前に迫るまで、まだ手の手裏剣は打たなかった。

が、男は再び宙で方向を変えた。今度は落下する勢いも加えたまま、不意に健作のほうへ矛先《ほこさき》を向け直したのだ。

体を床に投げ出して身を躱そうとする健作。しかし男は、宙で二度目の方向転換をしてしつこく健作を狙った。

あわやというところで健作を救ったのは、天蓋が放った独鈷杵《どっこしょ》だった。男は飛んできた独鈷杵を弾《はじ》くと、また天井まで飛び上がった。

飛んできた一尺（約三〇センチ）ほどの鉄の塊《かたまり》から、膝を曲げることでぶつかるのを除けただけではなく、その独鈷杵が飛び過ぎる前にまた足を伸ばして蹴《け》り飛《と》ばし、反動で天井へと跳んだのだ。蹴られた独鈷杵は、畳《たたみ》に深々と突き刺さった。

天蓋は、先端に金輪《かなわ》がついていて音を出しやすく、また長さがあるため屋内では取り回しが難しい錫杖《しゃくじょう》を、二階まで持ち込んではいない。独鈷杵が天蓋の携帯するただ一つの得物だったが、投げつけねば間に合わぬほど健作は危うかった。

これで、天蓋も無防備となった。

「く……」

桔梗が歯噛みをした。攻め手となれるのは桔梗と健作の二人だけ。その二人で、天蓋と一亮も守らねばならぬ。

対する相手はただの一人。守らねばならぬものがない分、自在に動ける。そして狭く仕切られたこの空間は、男が自在に移動するのに最適な戦場《いくさば》のようだった。

体勢を立て直した健作が、男へ向かい次々と腕を振る。

しかし健作の投糸は、男を天蓋や一亮から遠ざけるための、半分は防御を目的として行われたものだった。制約がなくとも簡単ではないのに、これでは天井の梁を伝って前後左右へ自在に動き、さらには梁から柱へ、畳へと飛び移る男を、捕らえることはできない。

桔梗のほうも、男の動きに幻惑《げんわく》されて手裏剣を打ち込むことができずにいた。健作の糸とは違い、桔梗が携帯する手裏剣には数に限りがあるため、無闇《むやみ》に放つことはできないのだ。

健作が、何度目かの見えない糸を、柱の中ほどに貼り付いている男目がけて投げつけた。

男は、すでに健作の動きを読んでいるのか、余裕をもって躱しながら天井へ飛び移ろうとした。

そのとき、何やら丸い影が男のほうへ向かうのが皆の目に映った。ふんわりと浮かんだ影は、殺気溢《あふ》れるその場の闘いとは全く関わりがないかのように、のんびりと宙を横切っていく。

「?」

影の飛来は、男にも予想外だったようだ。影は、男と天井の間に入り込んだ。あまりの遅さに時宜《タイミング》が摑めなかったのか、男は影を蹴り飛ばすことも蹴破ることもできなかった。

バサリ。

梁を摑もうとした男の両足が、間に滑り込んできた影を天井に押しつけた。梁を足指で掴むことのできなかった男は、自分の邪魔をした丸い影とともに落下する。

ドサリという大きな音がし、二階の床が衝撃で揺れた。予測のできなかった成り行きに慌てたためか、あるいは宙空での姿勢を保てなかったためか、男はほぼ垂直に落下する己の軌道を変えることができぬまま、自分の邪魔をした影とともに畳へと落ちたのだった。

すかさず、落ちた男へ向けて桔梗が右手の手裏剣を打ち込んだ。

男が跳ね飛ぶ。桔梗の投じた手裏剣は、紙一重《かみひとえ》の差で男に躱された。

また、宙空で鋭角に方向を変える。

「クケェ」

男が叫んだ。今までとは、どこか様子の違う声だった。

同時に、健作が「よし」とひと声放って、両手で見えない糸を忙しく手繰《たぐ》る。

次の瞬間には、男は宙に浮いたまま、まるで蜘蛛《くも》の巣にかかった羽虫であるかのように、健作の見えない糸に絡《から》め取られ、動きを封じられていた。

畳に落ちた男は、桔梗の手裏剣を避けるために大きく跳ね飛んだ。しかしそれは、今までとは違って先を見越す余裕のない、目の前の危険を回避するためだけの跳躍だった。

結果、男は急場しのぎに跳んだ先で、健作が何本も放っていた糸のうちの一本に触れて弾き返された。こたび、男は自ら軌道を変えたわけではなかったのだ。弾かれた先にも健作の糸は張り巡らされている。相手が糸に触れ、事前に何本も投げることによって作り上げられていた網《あみ》の中に入ってくれさえすれば、もう健作の思うがままだった。

こうしてようやく、健作は男を雁字搦《がんじがら》めにすることができたのだ。

「手間ぁ掛けさせやがって」

両手でしっかりと糸を保持しながら、健作が吐き捨てた。

「始末をつけるよ」

桔梗が、ズカズカと男に近づいていく。無造作な動きに見えるが、決して油断はしていなかった。

しばらく見えない糸でできた網の中でモゾモゾと蠢《うごめ》いていた男は、ようやく諦めたのか、逃れようとする動きをやめ、近づいてくる桔梗をじっと見つめた。

「健作」

桔梗の声に応じて、健作が手の中の糸を緩める。

宙に吊り下げられていた男が、ドサリと畳に落とされた。

次の瞬間、男が弾けるように跳び上がる。

しかし、そんな動きも健作の想定の内だ。男が跳躍をかけるのに合わせ、いったん緩めた糸をまたピンと張り直した。

「クァ？」

男が、宙で戸惑いの声を上げた。

どのような具合になっているのか、跳び上がった男は両手両足を目一杯伸ばされ、宙に浮いた状態で、大の字に磔《はりつけ》にされた格好になっていた。

間を置かず、桔梗の右肘《みぎひじ》から先が、手首を中心に小さく鋭く振られる。

「ケーエッ！」

そう短く叫んだのが、男の最期《さいご》の声だった。

宙空でがっくりと項垂《うなだ》れた男の白毫《びやくごう》（額《ひたい》の中央、眉間《みけん》のやや上）には、桔梗の放った手裏剣が深々と突き立っていた。

動かなくなった男を下ろすとき、健作は糸をそっと緩め、静かに畳の上へ横たえた。

桔梗は先に投じた手裏剣を柱や畳から引き抜いた後、男に止《とど》めを刺した一本も回収すべく屈《かが》み込んだ。健作のほうは、障子の前に立ったまま、自分の投じた糸を手繰り寄せている。

天蓋が健作の横から歩み出て、桔梗や死んだ男へ近づいていく。途中、畳へ斜《なな》めに突き刺さった己の独鈷杵を抜いて懐に納めた。

「まさか、こんな物でこいつを落とすなんてね。坊さん、助かったよ」

屈んだまま上体だけ振り向いて桔梗が天蓋に返してきたのは、ひしゃげた網代笠だった。

男が天井の梁を摑もうとしたとき、間に入って邪魔をした丸い影は、投じられた天蓋の網代笠だったのだ。男のそばに落ちていた笠は、男と天井の間に挟まれたときに変形してしまったようだった。

受け取った天蓋は、ぽつりと呟く。

「投じたのは、拙僧《せっそう》ではない」

え、という顔になった桔梗から、天蓋は視線を転じた。

「階段下で経を念ずる際、はずして預けたのだ」

二人の視線が向かった先、天蓋より網代笠を預かった一亮は、男に横たえられた女の子の前に跪《ひざまず》いていた。

二人を振り返り、弾んだ声で告げてくる。

「息があります! ただ、眠っているだけのようです」

あんた、と声を掛けようとしていた桔梗は言葉を呑み込み、天蓋と顔を見合わせた。

天蓋が、足早に一亮たちのほうへ近づく。ぐるりと回って、一亮とは反対側で膝をついて女の子の様子を診《み》た。

一亮の後ろに桔梗と健作が立ち、天蓋のやることを覗き込んだ。

「大事はなさそうじゃな」

ざっと女の子を診た天蓋が、判断を告げた。

「御坊、その子は確かに眠ってるのか」

健作の問いは、切迫して聞こえた。

たとえ幼い子供とはいえ、己らの存在を知らしめることはできない。もし知られたときには——仏道にある者らを指導者とする集まりであるゆえ明確化は避けられているが、目撃したことを別の誰かに伝えられぬようにするのが掟《おきて》だと考えられていた。奉公先の惨劇の場で一亮に対して取られた処置はどこまでも例外だったし、例外として認められるためには、それなりの理由がいる。

一亮は、そのほとんどあり得ない例外——当時の扱いが正しかったことの一端が、この場で証明されたのかもしれなかった。

「眠っているという言い方が正しいかは判らぬが、おそらくはあの男の術のようなものであろう、訳が判らなくされていることは確かなようじゃ。なに、このままそっとしておけば、そのうち元に戻るだろうて」

「じゃあ、俺たちのことは憶えてねえんだね」

「おそらくは、な」

曖昧な言い方をして、天蓋は立ち上がった。それを見上げながら、一亮は戸惑いの声を上げる。

「この部屋には、死人も横たわっています。そっとしておけばこの子は元に戻るということですが、正気に返るまで、こんなところへ置き去りにするおつもりですか」

このままでは、正気に返ったとき最初に出くわすのも、あの死人ということになる。問われた天蓋は、すぐに返答ができなかった。

二人のやり取りに関わりなく、突如《とつじょ》横合いから桔梗が口を挟んできた。

「一亮。あんた、坊さんの笠を、あいつに向かってどんなふうに放った」

突然全く違う話を、しかも勢い込んで問われて、一亮は困惑した。

「どんなふうにと言われても、ただ放っただけですが……」

「そんなはずはないだろ。あいつは、あたしの投げた手裏剣をあっさり躱しちまうほどの体術の持ち主だったんだよ。それをただの笠で――」

健作が、答えに窮《きゅう》する一亮へ助け船を出す。

「おい、後にしな。今はそんなことどうだっていいだろ」

制止されても、桔梗は引き下がらなかった。

「どうでもよくなんかないさ」

「まぁ、お前の手裏剣があいつに除けられたのに、ただの笠で上手くいっちまったってえのが驚きなのは判るけどよ」

健作の不用意な言葉に、「そんなことじゃないってば」と桔梗はいきり立った。

「一亮の投げた笠は、あいつに気づかれずにそばまでいったってだけじゃなくって、お前さんの糸もみんな避けて飛んでったんだよ。まさか、一亮にそんなことができただなんて」

指摘されて、健作も表情が変わった。確かに、男が跳んでいくほうへ笠が真っ直ぐ放たれていたならば、何本も張り巡らされた糸に一度ならず当たっていたはずだった。ところが、糸を操《あやつ》った当人は、わずかな接触すら感じてはいなかった。

桔梗が健作から一亮へ視線を移す。

「どうなんだい。一亮お前、健作の糸を除けて天井まで通したのかい」

問われた一亮のほうが、考え込んでしまった。

「吾は、あの男が貼り付こうとするところを目がけて、ただ放っただけのつもりですが……」

ひしゃげてしまった己の笠が元に戻らぬか、いじっていた天蓋が、ちらりと雨戸の外の様子を気にした後、皆に告げた。

「健作が言ったとおり、その話は後でよかろう」

納得しない桔梗の「でも坊さん――」という抗議を、開いた左手を出して遮る。

「どうやら、先ほどからの騒ぎに近所の者らが気づいたようだ。ここへ踏み込まれる前に、退散するのが先ぞ」

意識を外へ向けてみれば、桔梗も健作もすぐに判ることだ。二人はぴたりと口を閉ざし、己らが余計な痕跡《こんせき》を残していないかを確認し始めた。

急ぎの確認は、すぐに終わった。自分らに直接つながるような手掛かりは残していない——後は、一亮の奉公先に残してきたのと同様、簡単には消せないものばかりだった。

「では、行こうか」

二人が必要な始末を終えたのを見て、天蓋が宣言した。近所の者らがもう家のそばまで近づいているというのに、少しも焦ったところのない言い方だった。

廊下へ出た三人の後に続こうとした一亮は、部屋を出る前に、いまだ横たわったままの女の子を振り返った。

「近所の者らが来たのじゃ。気がつく前に、ここから連れ出してもらえよう」

天蓋が、一亮の心残りをそう打ち消した。

五

どこかの堂宇。しかし今日はまだ陽が高いうちのことだ。

夜半に、高僧と思われる者らが密かに集《つど》っているのと同じ場所かもしれないが、昼の明るさで周囲まではっきりと見分けられるせいか、あの場よりは少し狭い気もする。

今日、ご本尊を前に対座しているのは、二人の僧だ。評議の座の一員である知音と、急ぎ立ち帰り知音に拝眉《はいび》を求めた天蓋だった。

「そうか。こたびもまた、そなたらは芽吹きに立ち会うこととなったか」

天蓋より霞山稲荷でのあらましを聞いた知音は、まずそれだけを述べた。

「掟に背《そむ》く結果となってしまいましたことを、お詫び致します」

天蓋は、深々と頭を下げた。

壱の小組を指揮する無量ならば、そこで起こったことの全てを闇に包み隠すような術を使い、余計な者に感知されるのを避けることができた。己の技の未熟さを、天蓋は想わずにはいられない。

しかしその無量の手立てが、送るべき鬼を救済のない無間《むけん》の底へ落とすことと切り離せないならば、たとえできたとしても決して己がやることはないだろうことも、天蓋ははっきりと自覚していた。

低頭《ていとう》から直った相手を、知音は静かな目で見やる。

「しかしある意味では、そなたの思ったとおりになったのではないかの」

「さすがにお見通しにござりますな」

天蓋は、韜晦《とうかい》することもなくあっさりと認めた。

「人を殺すところを確かめるまでもなく、確実に芽吹いたと判じられるなれば、無辜《むこ》の者を犠牲《ぎせい》とせずに済むか……」

知音が口にしたのは、討魔の小組を率いることになった天蓋が、かねて抱いていた願いだった。その想いがあったがゆえに、天蓋は自分らの所行を目にした一亮を連れ帰ったのかもしれない。

「こたびのやり方にご満足はいただけませぬでしょうが、しかしながら一筋の光明《こうみよう》は見えたやに存じております」

言い切った天蓋へ、知音は面白さを覚えたという表情を隠さずに評する。

「まるで、開き直ったような口ぶりじゃな」

「そう受け取られても、仕方はありませぬ。しかしながら拙僧は、こたびの成り行きについてただの失敗《しくじ》りとは思うておりませぬゆえ」

「……次につなげるための、初歩か」

天蓋は頷きながら、「はい」と強く肯定《こうてい》した。その顔を、知音が見返す。

「しかし、そなたが次の二歩目も続けられるかどうか」

懸念を表した相手に、天蓋は身を乗り出した。

「ゆえに、知音様に急ぎお目通りを願いました」

「これよりのことを、愚僧に委《ゆだ》ねたいと申すか」

「他のお方では、我が小組はおそらく潰されましょう。たとえ残されたとて、今とは全くの別物とされてしまいまする」

「それでは、かような結果を招いてまであえて行ったことが無駄になるか」

天蓋の沈黙は、肯定の意を表している。知音が続けて口を開いた。

「そなた、愚僧に評議の座を降り、討魔の小組を率いよと申すのだな」

この問いには、天蓋は大きく首を振った。

「いえ、そのようなつもりで申し上げたのではござりませぬ——知音様が評議の座にいらっしゃらなくなれば、我ら討魔衆は無辜の民などは一顧《いっこ》だにせぬ、ただの鬼殺しの道具に成り果てまする。そうならぬためには、知音様にはぜひにも評議の座にて、我らが願いを現実のものとすべくご尽力《じんりょく》願いたいと。

もし拙僧が罪に問われ今の小組と引き離されたるときは、知音様には、我が後を引き継げる者の人選をお願いしたいのでござります」

「……難しいの」

しばらく無言でいた後、知音はぽつりとそう言葉を発した。

「そのような」

拒絶された天蓋は落胆の声を上げる。知音は、淡々と続きを口にした。

「いくら考えても、そなた以外にはおらぬと申しておる――ゆえにそなた、本気で己の願いを叶えたいならば、石に齧《かじ》りついてでも今の小組の小頭を続けねばならぬ」

「……できましょうか」

「他に手立てはない」

知音は、あっさりと断じた。さらに、天蓋に対し無理難題を言い放つ。

「こたびばかりは、愚僧とてどれだけそなたらを庇ってやれるか、正直なところ毛ほども自信はない。それでも、そなたは何としても己の小組を守り、率い続けねばならぬ。

それができぬときは、そなたの願いは泡沫《うたかた》のように消え去るのみであろうの――まあ、仏法では色即是空《しきそくぜくう》じゃそうじゃから、それもまた現世《うつしよ》の有り様なのであろうて」

知音が、まるで他人事《ひとごと》のように、坊主とも思われぬ冗談を口にした。なお、

「色即是空」は現代の一般人に最も馴染《なじ》み深い経典の一つである『般若心経《はんにゃしんぎょう》』の、有名な一節である。

　耳にした言葉の苦さを味わいながら、天蓋は押し黙る。

　一連の話はこれで決着がついたと考えたのか、知音はやや違ったことを持ち出してきた。

「しかし、あの小僧がの。そなたが芽吹きの場より連れて参ったと聞いたときには、いかにするつもりかと愚僧も眉を顰《ひそ》めたものであったが」

　知音の感慨《かんがい》に、天蓋も正直に応じた。

「拙僧も上手くいけばと期待はしておりましたが、まさかこれほどまでとは思うておりませなんだ。もし一亮と出会うておりませなんだら、我が望みはいまだ形にもなってはおりますまい」

「あれが話に聞いた、見鬼《けんき》という者かの」

　見鬼とは本来、死霊《しりょう》や亡霊《ぼうれい》、魑魅魍魎《ちみもうりょう》などをその目で見る能力を有する者のことである。知音はこの見鬼を、「鬼として芽吹く者」を察知する能力者と捉えているらしい。

「そうかもしれませぬが、しかし、何ら修行を行ってもおらぬはずの、ただの浪人の子が、あれほどの力を有するとは」

一亮の能力は、見いだした己の予測を大きく超えるほど高かったと、天蓋は述懐《じゅっかい》した。

「昔の高名な陰陽師《おんみょうじ》、賀茂保憲《かものやすのり》が修行に入るより前のまだ幼いころ、父が祈禱《きとう》所《しょ》にてお祓《はら》いをするところへくっついてゆき、その場におわした祖霊《それい》や鬼神《きじん》を見て「あれは何者か」と問うたという。

してみると、我らや耳目衆が修行によってようやく得たよりも遥《はる》かに大きな力を、生まれつき持っている者も世の中にはおるということであろうな」

知音が披露したのは、『今昔物語集《こんじゃくものがたりしゅう》』に記された話である。

が、知音の話はこれで終わりではなかった。天蓋を見やりつつ、先を続ける。

「しかし、ゆえに危うい。我らにとっては、諸刃《もろは》の剣《つるぎ》となりかねぬ──判るな」

「は。心しておりまする」

天蓋は、承知の上だと応ずる。

これまで、討魔衆は相手が鬼として完全に「芽吹いた」ことを確認した上で覆《ふく》滅《めつ》に当たってきた。ために鬼に殺される多くの者を見殺しにする結果を生んだのだが、鬼もそうでない者も、全てを根絶やしにするような暴走に自身で歯止めを掛けるためには、他に手立てがなかったことも事実だった。

ところが今、天蓋は、一亮という新たな可能性を手にした。一亮が見せた類《たぐ》い稀《まれ》な力が、天蓋が望んでいたような形で初めて発揮された場面であったのだ。

こたびは必ずしも上手くいったとはいえないが、それでも先々手順を整えていきさえすれば、無辜の人々の犠牲を出すことなく、「芽吹く」鬼だけを取り除くことができるようになるかもしれない。

これは、天蓋にとって――そして知音にとっても、待ち望んでいながらずっと得られずにいた一筋の光であった。

しかしその一方、もし今後天蓋の希望が現実化する方向へことが運んでいったとすると、今まで討魔衆であれば誰の目にも明らかだった鬼の芽吹きが、ただ独り一亮のみによって判断されるという事態が引き起こされることになる。

そうなったとき、討魔衆の全てを己の考えで動かせるほどの大きな力を得た一亮が、自らの力を我欲《がよく》を満たすために使うようになりはしないと、誰も断言はできないのだ。

誰であれ、人は変わっていく。一亮とて例外ではない。その証に、こたび一亮が芽吹きかけた鬼に対して取った態度は、その場にいた天蓋の小組のうち誰一人として予測していなかったものだったではないか。

あるいは一亮が強大な力を得た後に、なお今の温厚な気性を保ったとしても、周囲に人を得なければ、一亮が騙《だま》され操られることにより、やはり討魔衆が持つ強大な力が世のためにならぬ使われ方をされてしまうという危惧は残されたままになる。その意味でいえば、一亮は「変わらずにいる」べきではなく、しっかりと変わっていかなければならないのだ。

「今後のことは、十分気を配りながら進めていくつもりにございます。起こってもおらぬことを憂えても詮《せん》ないだけ。今は、できる限りの最善を尽くすのみ。このたび初めて、我ら仏道修行に肝胆《かんたん》を砕《くだ》く者ら皆が、追い求めておるはずの光が射しましたからには」

天蓋は胸を張り、明るい声で応じた。知音は、相手の顔を静かに見返す。

「愚僧が危ういと申したは、それだけではないぞ」

「は?」

他に何があろうかと、天蓋は頭を巡らせた。相手が結論に至るのを待たず、知音は己の考えを口にする。

「早すぎるとは思わぬか」

「早すぎる……」

「あの小僧、わずかふた月ほど前には、鬼に殺されんとしてただ震えておるばかりであった。それが、今日は自ら前へ進み出たばかりでなく、鬼に察知されずに攻める技まで見せたそうではないか」

指摘を受けた天蓋は愕然とした。

「知音様、それは、まさか——」

「確信あって申しているのではない。ただの杞憂《きゆう》であればよいと、愚僧も思うておる——が、万が一のときの備えは必要ぞ」

「は……」

「あの者は、もはやそなたらの小組の一人。小頭であるそなたが組み入れたのだからの——いつも近くにおるのがそなたらなれば、万が一のときの覚悟もそなたらに、の」

話の展開に茫然《ぼうぜん》とするあまり前傾していた天蓋は、ついに両手を床についた。

それは、承諾の姿勢に見えた。

相手の考えに反論できぬ以上は、まともな応答ができぬほど心が乱れていても、他に取るべき態度はなかった。

第三章　臨時廻《りんじまわ》り

一

　初午の日、無人のはずの仕舞た屋で上がった異様な音や大声に驚いた人々が、家の周囲に集まった。若い者を二人ほど従えた近所の鳶《とび》の頭《かしら》と、祭りを取り仕切っていた香具師《やし》の元締が、皆を制して様子を見に中へと踏み込む。

　頭や元締が仕舞た屋の二階で見つけたのは、一人の男の屍体《したい》と、ほとんど気を失っている状態の晴れ着姿の女の子であった。

　鳶の頭は、すぐに若い者を土地の岡っ引きの下へ走らせた。そうして、月番の南町奉行所へも一報が届けられたのだった。

死人が見つかったという麻布桜田町の仕舞た屋に駆けつけたのは、当該の地域を受け持つ定町廻り同心の武貞新八郎《たけさだしんぱちろう》と、武貞と組むことの多い臨時廻り同心の小磯だった。

それぞれに小者を従えた二人の同心を、先に現場へ到着し子分を南町へ走らせた、土地の岡っ引きが出迎えた。四十過ぎの精悍《せいかん》な面構《つらがま》えをした男は、稲荷の源《げん》七《しち》と呼ばれている。

見つかった男の屍体はその場に横たえられたままだが、女の子のほうはすでに親元へ引き取られていた。

武貞がじっくりと屍体を検分している間、小磯は部屋の中をぐるりと見て回った。

小磯のほうは、すでに屍体の様子を検《あらた》め終わっている。遠目から見回しての部屋の観察は、屍体を検めたときに覚えた昂奮《こうふん》を、顔に出すことなく鎮めることが目的の半分を占めていた。

小磯は、柱についた新しそうな疵《きず》に目を止めた。足を進め右手の人差し指を疵の横へもっていき、ざっと長さを測る。

遺骸の額に残された刃物傷と、身幅がほぼ一致する刃物でつけられているように思えた。

同心たちのやることを廊下で見ていた岡っ引きの源七が、ころあいを見計らって報告を始める。

「そこで死んでんなぁ、千次郎《せんじろう》って遊び人で、この辺の鼻つまみ者《もん》です。あっしも前々っから目ぇつけてたんでやすが、どうにも尻尾《しっぽ》を摑めねえでいるうちに、ついにあの世へ逃げられちめえやした」

源七の言い草に、柱の疵を見ていた小磯が振り返った。

「ずいぶんと酷《ひで》え言いようだが、こいつぁそんなに悪《わる》だったのかい」

「へえ、表沙汰《おもてざた》になってるなぁ、ケチな強請《ゆすり》や集《たか》り、酒代の踏み倒しぐれえですけど、先日、近所で行方の知れなくなった子供——女の子が一人おりまして」

屍体を検めていた武貞も顔を上げた。

「この野郎が、あの?」

源七は、難しい顔のまま「へい」と頷いた。

二人のやり取りに、小磯が問いを挟む。

「どうやら親分だけじゃあなくって、定町廻りの旦那まで知ってる野郎だったようだねえ」

返事は、武貞が悔しげに口にした。

「ええ、どうも怪しそうな野郎がいるってえ話は、源七《こいつ》から聞いてました。けど、何の確証もありませんし、いなくなったのがたった一人だと、迷子や余所《よそ》から来た人攫《ひとさら》いってことだって、ねえとは言えねえ。もうちっと泳がせて、少しでも怪しい素振りを見せたり、それらしい話でも出てきたら番屋へ連行《ひっぱ》ってって尋問《たた》くつもりだったんですが……おい、源七。お前、ちゃんと見張らせてたんじゃねえのかい」

「へえ、そいつぁもちろん。特に今日は初午のお祭りですから人出も増えますし、子供の独り歩きもありやす。何かあっちゃいけねえと、念を入れて見張らせておりやした——ですが、こんなことになっちゃあ申し開きもございやせん。あっしの失敗りです。面目次第《めんもくしだい》もねえ有り様で、このとおりでござんす」

岡っ引きは潔《いさぎよ》く己の非を認めると、わずかに屈めた両膝に手を置いて深々と腰を折った。

「まあ、行方《ゆきがた》知れずの女の子ってのがホントにこいつの仕業《しわざ》だったとしても、二人目は無事で見つかったんだ。とりあえずは良しとしようじゃねえか」

源七に手札を渡している武貞は、立場上甘い言葉は掛けてやれないから、小磯が代わりに慰《なぐさ》めた。

「で、お前、どんな見張らせ方してたんだ」

小磯の態度がどのようでも、武貞は己の手先に厳しく訊かざるを得ない。

「へえ。しっかりした子分を二人、ぴったり貼り付かせてたんでやすが」

「お前の目は節穴《の》かっ。簡単に撒《ま》かれちまって、どこがしっかりした子分だ」

怒鳴りつける武貞を、小磯が宥める。

「まあまあ、ここでそんなことを言ってても始まらねえや——で、この千次郎って野郎に仲間は」

源七は武貞の怒りに畏《おそ》れ入りつつも、小磯の問いへ神妙な態度で答えた。

「へえ、昔やあ悪仲間《わるなかま》がいて連《つる》んでたりもしたんですけど、いつの間にかそんな連中からもすっかり愛想を尽かされて、最近はもっぱら独りでつまらねえ悪さばっかりしてたようで」

「それでも、たまに付き合うぐれえの野郎はいたんだろう」

「いや、それが。このごろのあの野郎は人嫌《ひとぎら》えで通ってたぐれえで、急には思いつきやせん……そいでももし、相方《あいかた》がいたとすんなら、近ごろこの辺りでも増えてきた流れ者ぐれえじゃねえでしょうか」

岡っ引きの返答に不満顔の武貞を目顔で制して、小磯がさらに問う。

「その、最初に行方知れずになった女の子ってえなぁ、まだ親元に戻っちゃいねえんだな」

「へえ。近所の左官屋《さかんや》の娘で、お佳《よし》ってえ八つになる、歳の割にゃあ利発《りはつ》な子なんですけど、十日ほど前にいなくなってから、いまだに消えたまんまで。両親《ふたおや》は、ここいらの迷子石《まいごいし》（迷子を捜している者、預かっている者それぞれが告知を貼るための標石《ひょうせき》）を日になんべんも回ったり、御利益《ごりやく》があると聞いた神社仏閣に日参して拝んだりしてやすが、今んところ梨《なし》の礫《つぶて》でやす」

小磯は、フムと唸ってわずかに考え込んだ。すぐに顔を上げて、岡っ引きを見る。

「するってえと、こいつを殺《や》った野郎にゃあ、心当たりはねえのかい」

「へえ、申し訳ありやせんが、今んところは」

何か言いたそうな武貞を無視して、問いを重ねる。

「その、お佳の父親ってえ左官屋はどうだい。お前さん方がそこでおっ死《ち》んでる千次郎ってえ野郎に目ぇつけてたのを、薄々《うすうす》ぐれえは感じてたのかい」

「はて。あっしはもとより、子分どもも漏らしちゃいねえはずですが……ただ、両親はさっきも言ったような有り様で、気の毒で見ちゃいられねえと思った野郎がいたなら、『絶対に』とまでは申し上げられやせん」

源七は、正直に述べた。

「左官屋の気性は」

「酒も飲まねえような、真面目《まじめ》一辺倒《いっぺんとう》の男でして——旦那。旦那はそこの千次郎を殺ったなぁ、千次郎の仲間じゃねえと考えていなさるんで？」

問われた小磯は、源七の顔を見ながら返答した。

「左官屋の親父は、どうやら違うようだねえ。殺しはともかく、娘がいなくなって動転してる親父が、己の娘と同じ目に遭ったかもしれねえ幼い女の子を、こんな野郎の死骸といっしょに残しとくたぁ、ちょいと考えにくいからなぁ。

それ以外についちゃ、お前さんの問いに答えるなぁ、もうちっと話を聞いてからにしようかい——で、今日ここで、気を失って見つかった娘ってえなぁ、どこの子だい」

「へい、これも近所の経師屋《きょうじや》の娘で、お菊って名の九つになる子でさぁ。祖母《ばあ》さんと初午の屋台見世を見て回ってたのが、ほんのちょっと祖母さんが目を離した隙にいなくなっちまったそうで。

今日の午前《ひるまえ》ぐらいのことだって言いますから、見えなくなったなぁ、ここで大きな音や叫び声なんぞがして皆が駆けつける、一刻（約二時間）ほど前のこってしょうか」

「屋台見世ってえと、そこの稲荷の参道かい」

「へえ、こっから二町（二〇〇メートル強）あるかどうかって辺りで」

「で、見っかった娘の様子は」

問われた源七は、渋面《じゅうめん》を浮かべた。

「親が連れて帰って医者に診せたでしょうから、後で話を聞きやすが……」

「なんか、ざっと見ただけで気づいたことがあったかい」

「衣装はそれほど乱れてるようにゃあ見えませんでしたけど、顔や手足からは、嫌ぁな臭いをさせてました――ありゃあきっと、ベタベタとそこいら中を舐められた涎が乾いた臭いですぜ」

反吐《へど》が出る、という言い方だ。

ちらりと視線を落とした小磯はすぐに目を上げて、源七を見返す。

「じゃあ、さっきの問いに答えようかい――まぁ、これからいろいろと探ってもらわなきゃならねえ者に、予断を与えるようなことぉ口にするのもナンだが、お前さんなら大丈夫だろ。子分どもなんぞに、漏らすんじゃねえぜ」

お前を見込んで明かすと言われた源七は、真剣な顔で頷いた。

「まずは、十日ほど前のお佳の神隠しとこたびの一件が、同じくこの千次郎の仕業かどうかは、おいらにも判らねえ。まぁ、いずれもこの野郎のやったことのように思えはするが、今んとこ何の確証もねえから、そいつは置いとこう。で、こたびの一件だけに限って言うと、ここで見っかったお菊の様子から考えりゃあ、こいつはどう見たって悪戯《いたずら》が目的のようだ。そういうことをやらかす野郎は、たった独りで凶行に及ぶことが多いなぁ、お前さん方も知ってのとおりだ。仮に仲間と二人か三人で、ってことだったとすると、途中で仲間割れを起こしたことになんだろうけど、そいつもちょっとな、理屈に合わねえとこがある」

「その、理屈に合わねえとこってのは？」

武貞が問いを発した。

「すぐ目と鼻の先で誘拐《かどわ》かして、もし騒ぎ出されたら、近所の連中が間を置かずにやってきそうなとこで悪戯しようって野郎どもだ。とてもきっちり段取り組んでの仕事だたぁ思えねえ。おそらくは、祭りの人混み中にお菊が一人でいる姿をふと目にして、その場で引っ攫おうと思いついてのことだろうさ――ここまでは、いいかい？」

武貞と源七の二人が頷くのを確認して、先を続ける。

「お菊に騒ぎ出されたわけじゃあねえようだが、ともかくこん中は何かで大騒ぎんなって、案の定すぐに近所の連中がワラワラ集まってきた」

「だから、その騒ぎってえのが仲間割れしたときのもんじゃねえんですか」

「悪戯しようって最中に、こんなとこで騒ぎ出すかい？　まあ、そいつぁいいや。そこまで考えなしの野郎どもだったとしようか。

で、大きな音や叫び声が上がったんで、近所の連中が押《お》っ取《と》り刀《がたな》で駆けつけてきて、家の中まで踏み込んだ——仲間割れして千次郎を殺った野郎は、いってえどこへ消えたぃ？　近所の連中は、みんなして家の中までドヤドヤ上がり込んできたわけじゃあなくって、ほとんどの者はぐるりとこの家を囲んで、いってえ何が起こったんだろうかと、息ぃ詰めてじっと見守ってたんだぜ。

その場その場の気分次第、出たとこ勝負で悪さぁしでかすような野郎が、こっからの逃げ道だけはちゃあんと段取りしてたってかい」

黙ってしまった二人を前に、小磯はさらに続けた。

「それだけじゃねえぜ。その千次郎って野郎の傷口をよっく見てみねえ。額の真ん中に、深《ふけ》え刺し傷がたったひとつっきりだろう。

裸にしてみねえと確実なこたぁ言えねえが、顔や手足、首回りに胸元なんぞ、外から見える限りじゃ殴られたり引っ掻かれたりしたような痕《あた》ぁひとっつもねえぜ。死ぬ前に苦しんだような面《つら》もしてねえ――悪戯の途中で内輪揉《うちわも》めになったにしちゃあ、ずいぶんと鮮やかな手並みだたぁ思わねえか。普通、カッとなってブッスリやったのが一度っきりだったのに、相手があっさり死んじまったってときゃあ、刃物は真っ直ぐ左胸へ叩き込んでるもんだぜ」

「……だから旦那は、千次郎を殺った野郎は仲間じゃねえと」

「何かの理由で先にここへ忍び込んでた野郎がいるとこへ、後から千次郎がお菊を連れ込んできて悪戯し始めやがったんで、どうにも見てらんなくなってブッスリ――ってほうが、おいらにゃあまだピンとくるけどな。あるいは、もし知り合いだったとしたら、そいつは仲間のふりして手伝いはしたけど、ホントの狙いは最初っから千次郎を殺すほうにあった、とかな。

まぁ、こんだけ鮮やかに千次郎を始末できるんだったら、なんで近所の連中の気を惹くような叫び声や大きな物音をさしたのかってえとこは、上手く説明できてねえような気はするんだけどよ――考えられるとすりゃあ、お菊を見つけさせるために、千次郎を殺し終えた後でわざとやった、てことぐらいかね。それなら、皆が駆けつける前にとっとと逃げられたかもしれねえしな」

小磯自身は全く満足していないようだが、話を聞いていた二人は、老練な臨時廻り同心の確かな観察眼や鋭い指摘に圧倒され言葉を失っていた。

二

小磯の話が一段落ついたところへ、下っ引きの一人が階下から上がってきて顔を出した。下っ引きは同心二人へ、「邪魔をしやす」と頭を下げてから源七を呼ぶ。

「親分、ちょっと」

源七は「何でえ」と不機嫌な声を出したが、子分の様子を見て考えを変えた。

「ちょいと、失礼しやすよ」

断って廊下へ出、先に階段を下り始めた子分に続いて一階へ向かったようだった。

同心二人は、黙って見送った。武貞にとってはそのほうが都合のいいことがあったからだし、小磯はそうした武貞の考えを読んでいたからだ。

源七がいなくなったと確認できたところで、武貞は真剣な顔で「小磯さん」と呼び掛けた。

「あん?」

対する小磯は、いつもと変わらず悠揚《ゆうよう》迫らぬ様子のままだ。

「この千次郎の傷は……」

「傷が、どうかしたかい」

問われた武貞は、勢い込んで己の考えを口にした。

「最初にひと目見たときから頭に思い浮かんでたんですが、こいつぁあの、身延屋の一件のときの——」

渋谷村《しぶやむら》近くの宮益町にあった身延屋では、主夫婦と奉公人合わせて八人のうち、七人が屍体となって発見された。この一件は、主夫婦が乱心して奉公人を惨殺した後、互いに斬り合って相対死《あいたいじ》にをしたということで決着がついているが、実際にはこの結論では説明のできない矛盾《むじゅん》がいくつも残っている。

そのうち大きなもののひとつは、主夫妻を殺害したとおぼしき凶器が、現場には残されていないということだ。こたび千次郎に付けられた傷の場所や様子が、宮益町の一件で主夫婦に残されたものと酷似《こくじ》していることに、武貞は気づいたのだった。

昂奮気味に口にされようとした考えは、しかしながら小磯の「やめな」のひと言でピシャリと遮られた。

「小磯さん……」

「そいつを調べるなぁ、おいらの仕事だ。何しろあの一件は、もう決着がついたことになってんだからな」

「ですが」

穏《おだ》やかな言い方をされたにもかかわらず、武貞は反発する。いくらかは、「先《せん》達《だっ》の同心による手柄の独り占め」という疑念が頭に浮かんでいたかもしれない。

小磯は、辛抱《しんぼう》強く言葉を続けた。

「お前さん、こたびの一件を身延屋と絡めて調べを進めるってのが、どういうことったか判ってんのかい。御番所が一件落着だって収めたものを、『そいつぁ大間違いだ』ってひっくり返す話になるんだぜ。ひとつやり方を失敗っただけでたちまち目ぇつけられて、お役御免どころか構い（解雇）になっちまってもおかしかねえほどの危ねえ橋だ。

お前さん、本気でそんな橋を渡るつもりがあるのかい。このご時世に女房子供抱えて浪人すんのも覚悟の上だってえなら、おいらぁ別に何にも言わねえけどよ」

「それは……」

武貞と同じ疑いを、小磯も抱いている。実は受け持ちの場所から離れているため武貞は知らないが、浅草田圃で起こった辻斬りの一件でも、額に同じような刃物傷を受けた浪人者の屍体が出ていた。

そしてこれも武貞は知らないことだが、額の傷以外に、宮益町と浅草田圃の死骸には、もう一つ共通するところがある。うっすらとではあるが、死骸の両手首に縛りつけたようなごく細い痕が残っていたのだ。

小磯は、先ほど検めた千次郎の死骸にも、全く同じような痕跡を見つけていた。ついでにいえば、この屍体には両足首にも同じような痕が残っている。

——三件の殺しは、みんなどっかでつながってる。

口には出さずとも、小磯は心の中で確信に近いものを得ていた。お佳の父親について疑いは薄いと断じたのも、仲間割れによる殺しではなかろうと持論を述べたのも、実際にはこの結論があっての「後付け」の理屈立てだった。

そんなことはおくびにも出さぬまま、小磯は武貞の肩をポンと叩いた。

「お前さんはまだまだ若え。先があらぁな。七面倒臭え厄介《やっけえ》ごとは、隠居間近のこの年寄りに任せときねぇ」

武貞は、何も言い返せなかった。

するとそこへ、階下から源七が駆け上がってきた。

「旦那方、ちょいとよろしゅうござんしょうか」

はっきりと緊張が感じられる顔であり、口調だった。

三人して階段を下りる手前から、源七は同心二人にこの家が空き家になった経《い》緯《きさつ》について話を始めた。

「ここはもともと、染物問屋の主が妾《めかけ》を囲うために建てさせたとこでさぁ。その親父が因業《いんごう》で、妾ぇ囲うときにもいろいろと裏から手ぇ回して、素人娘《しろうとむすめ》を強引に手前のものにしたようで。まぁ、そんな恨《うら》み辛《つら》みもあったんでしょう、結局は手前の囲った妾に縊《くび》り殺されちめえやして」

武貞が初耳だと口を出す。

「ここでそんな話があったなんて、おいらは知っちゃいねえぞ」

「へえ、旦那が定町廻りにお成りんなって、ここいらを受け持つよりも前の話でさぁ。それに、妾が己の旦那を殺した一件があったなぁ、北町が月番のときでしたしね。

　妾もその場で自害して、ずいぶんとあっさり片がつきやしたから、南の御番所じゃあんまり話題にも上らなかったかもしれやせん」

「そういや、おいらはそんな話を聞いたことがあったような気がするなぁ——そうかい。ありゃあ、ここであったことなのかい」

　廻り方の経験が長い小磯のほうは、知っていたようだ。

「でもよ、そんな何年も前に空き家になったにしちゃあ、ずいぶんと手入れが行き届いてるじゃねえか」

「へえ、その一件の後は誤魔化《ごまか》し誤魔化し人に貸してたようですけど、なぁに、住んじまえばここで何があったかなんて、近所の連中から嫌でも耳に入ってきまさぁ。いずれも長いこと続かねえで、とうとうこのごらぁ、ずっと空き家のまんまになっちまったってこってして——まぁ、死んだ親父の跡を継いだ今の地主は、いっそのこと火事ですっかり灰になっちゃくれめえか、なんて考えてたかもしれませんね」

　そんな話をしているうちに、階下の座敷の前に出た。源七に続いて中に踏み込むとすでに数人の男が立っており、真ん中の畳が二枚ほど上げられていた。

源七の下っ引きらしい男が、同心たちによく見えるようにと横へ退《ど》く。すると畳ばかりではなく床板《ゆかいた》もはずされており、下の土が掘り返されているのが判った。

そこいらに漂う臭気で、同心二人は階段を下りる途中から、何がありそうか予測はつけていた。

「こいつら、下で待ってる間に、どうも歩くと真ん中の畳がへこむってんで、様子を見ていいかどうか訊こうと、あっしを呼びにきたんでさぁ。で、畳ぃ上げさしてみると、もう床板ははずしてありまして。

下の土に埋め戻した跡があるようなんで、試しに掘らせてみたら、いくらも掘らねえうちにこのとおりで」

源七の話を聞きながら、小磯と武貞は座敷の真ん中にぽっかり空いた穴を覗き込む。根太《ねだ》の木組みの下に、着物の袖らしい縫われた布と白い骨が、土の中から顔を覗かせていた。

「こいつは……」

斜めに見下ろし絶句した武貞が、すぐに小磯へ視線を転じる。

「骨になってるってこたぁ、でぇぶ前の遺骸さんでしょうか」

小磯のほうは、臭気など全く感じていないかのようにグイと穴に首を突き出して中を見ていた。

「古い骨にしちゃあ、ずいぶんと真っ白だし艶《つや》もある。着物だって、土ぃ被って汚れちゃあいるが、ずっと埋まってたようにゃ見えねえな。

それに何より、この臭いだ。こいつぁまだ枯れちゃいねえ、腐りかけの肉の臭いだぜ――おい、源七。十日前にいなくなったってえ娘の着物はどんなだった」

親分に代わり、下っ引きの一人が口を出した。

「あっしが代わりにお答えしやす。お佳がいなくなったときに着てたのは、鴇色《ときいろ》の木綿《もめん》の小袖《こそで》で」

鴇色の着物は当時、春物として特に若い女性の間で好まれていた。紅花染《べにばなぞ》めは高価だったが、同じく植物の蘇芳《すおう》で染めた布地が一般には出回っている。左官屋の娘でも、古着なら親が購《あがな》ってやれたはずだ。

「じゃあ、この遺骸さんがそうかもしれねえな――もしそうなら、お佳もこたびのお菊も、両方とも千次郎がやらかしたってことで間違いなさそうだ」

「ですが、十日でこんな骨に……」

武貞の疑問に、小磯が応ずる。

「ただ悪戯しただけじゃあ、なかったってこったろうよ」

じゃあいったい何を、と訊こうとした武貞は、小磯の表情のあまりの厳しさに言葉が出せなくなった。

いずれにせよ親に着物を確認させなければならないし、それで当人に間違いなさそうだとなれば、当然のこと親は望むに違いないから、遺骸との対面も避けられなくなる。これから起こるであろうことが、何ともやりきれなかった。

――惨《むげ》えこった。

死んでしまえば仏に罪はないと言うが、今二階で横たわっている千次郎に対してどうしようもない怒りがこみ上げている。

町方同心という己のお役目を、このときばかりは恨みたくなる。御番所勤めとなって何十年経っても、いまだに幼子《おさなご》を亡くした親が見せる愁嘆場《しゅうたんば》には、慣れることがなかった。

三

そこに建っているのはこぢんまりとした見世物小屋だから、外の陽光を取り入れようと窓の板戸を目一杯開け放てば、雪洞《ぼんぼり》のような明かりを灯さなくとも十分に演《だ》し物は見られる。

ここ浅草奥山では、大掛かりな見世物興行は夏に行われることが多く、今はまだ時期はずれな季節だといえる。春も半ばとなればしだいに陽気もよくなり、人々の外出も増えてくるはずだが、他の盛り場ならうらやむような人出でも、芋の子を洗うほどに見物人が押し合いへし合いする姿を見慣れている土地の興行師にとっては、どこかもの足りない光景が広がっていた。

それでも、北の国々の大凶作や米の値上がりによる不景気など、この一帯とはとんと関わりない世界の話のようだ。

「さあさあ、お早くいらっしゃい。お早く、お早く。次は見目《みめ》麗《うるわ》しい上に技も天下一品の凄腕《すごうで》ってえ、お駒太夫《こまだゆう》の小包丁《こぼうちょう》打ちだ。目にも止まらぬ早業で、百発百中、どんな的にも当たらぬことはない神技《かみわざ》を、今日は皆さん方のためにご披露くださる。

このお駒太夫、男なら鼻の下を伸ばさねえ野郎はいねえって別嬪《べっぴん》だから、皆さんの前へ出るだけで小屋は一杯になるほどだってえのに、気紛《きまぐ》れが玉に瑕《きず》で滅多《めった》に舞台には上がらない。それが今日はふと気が向いて皆さんの前にご挨拶に出た上、さらに包丁打ちの妙技までご披露しようってえ大盤振《おおばんぶ》る舞《ま》いだよ。

さあさあ、ちょいと刃先に触れただけで怪我をせずには済まさない氷の刃《やいば》を、目にも止まらぬ早業で、自由自在に扱ってお目に掛けようってんだ。見ないと損、見ないと損だよ。さあいらっしゃい、お早くいらっしゃい……」

小屋の中に入っても呼び込みの声がよく聞こえるということは、外を歩く参拝客の賑わいも、始まるまでは中でかまびすしく無駄話をしているはずの客の入りも、さほどではないということであろう。

確かに、呼び込みの口上は殺気立ったところのないのんびりとしたもので、賑やかしの笛や太鼓も間延びしたような音を鳴らしているだけだった。

「よう、まだ始まらねえのかい。いい加減待ちくたびれてきたぜ」

「こんだけ入ったんだから、もう始まってもよかろうが」

待たされて焦《じ》れた気の短い客が、野次《やじ》を飛ばし始める。

その声に押されたのか、さらなる客の詰め込みは諦めたのか、その名も「口上」と呼ばれる進行役が舞台袖から出てきた。

「ええ、たいへんお待たせを申しました。それではさっそく、お駒太夫の登場にございます」

気のない調子で音を鳴らしていた笛や太鼓の連中が、ようやく目醒《めざ》めたとでもいうかのように気合いを入れ直した演奏を始める。薄っぺらな緞帳《どんちょう》が上がり、一人の女が静々と舞台中央に歩み出てきた。

「いよっ、待ってました」

「お駒太夫、お駒ちゃーん、こっち向いてーっ」

客からかけ声が掛かる。

俯き加減に出てきたお駒太夫は、客席に向かい深々と頭を下げた後、ようやく顔を上げた。

客席から、ホーッという溜息とも感嘆《かんたん》ともつかぬものが上がる。

舞台上のお駒太夫は、白いお面を被っているのかと思うほどに白粉《おしろい》を塗った厚化粧で、口に挿《さ》した紅《べに》も濃かったが、それでも元の顔立ちがずいぶんと整っていることははっきりと見て取れた。

「さあ、それではまず小手調べ、小包丁の乱れ打ちにございい」

口上が演目を告げると、柄《え》を上向きにした何本もの包丁を挿し込んだ台が、お駒太夫の元へ運ばれてきた。

お駒太夫は台から無造作に小包丁を引き抜くと、舞台の下手《しもて》に立てかけられた大きな板のほうへポンポンと放っていく。小包丁は、銀色の光を放ちながら糸を引くように真っ直ぐ板へ向かって飛び、次々と突き刺さった。

手許の台に挿された小包丁がなくなると、下手の袖から愛らしい娘が二人出てきて、立てかけられた板を客のほうへ向け直した。

オオーと、どよめきの声が上がる。

息も継がせぬほどの速さで投げられた小包丁は、五つの頂点を持つ星形に突き刺さっていた。

「続きましては車懸《くるまがか》りの妙技にございい」

口上が次の演目を口にし、小包丁の突き立った板が下げられると、背後には大八車の車輪のような木製の丸い造形が現れた。

中央の軸から外側の輪に伸びる細い輻《ふく》（車軸から車輪へ放射状に伸びるスポークの部分）は二十本ほどもあるが、その全てが輪の外へ突き出している。突き出した輻の先には、二本に一本の割合で黒い的が付けられていた。

板を舞台裏に戻した娘の一人が戻ってきて、的のついた車輪に手を掛ける。勢いをつけてその手を振り下ろすと、車輪はくるくると回り始めた。

「はいっ、ご覧のとおり、車輪は的が見えないほど早く回っております。あたしの目もいっしょに回っちまう前に――いやいや、車輪の回る勢いが弱まる前に、お駒太夫が的だけ打ち抜きまする。見事成し遂げましたらご喝采《かっさい》！」

車輪を回した娘と口上が引き下がると、お駒太夫は交換された台から矢継《やつ》ぎ早《ばや》に小包丁を抜き取り、無造作と思えるほど次々と車輪へ向かって投げ打った。

ダン、ダン、ダン。

シンと静まり返った場内に、包丁が的に当たって突き刺さる音が鳴り響く。

お駒太夫が最後の一本を投げ終え、介添え役の娘が歩み出て車輪を止めると、小包丁は全て的の真ん中を射抜いていた。

どよめきと歓声が場内から湧き上がり、称賛《しょうさん》の掛け声があちこちから飛ぶ。

口上は、客を鎮めながら声を張り上げた。

「まだまだこんなもんじゃござんせんよ。次は、車懸り乱れ打ちにございー——さあ、今度は車輪が大小三つだ。しかも、的は二つ並んでると思ったら次は二つ飛ばし、ひとつ飛ばしと置き方がバラバラな上、車輪にくっついたような的もあれば車輪より一尺も突き出た的もある。

それだけじゃないよ。三つの車輪、両端は右回し、真ん中は左回しと回る方向も逆向きだ。さあ、これだけの難儀《なんぎ》な的をひとつもはずさず全部打ち抜いてみせられるか、どうぞお駒太夫の妙技をご覧あれ」

次々と続く妙技の連続に、客は完全にお駒太夫の舞台に引き込まれているようだった。

この時代の興行は、どんなに長くても朝早くから夕方までで、陽の出ていない刻限は閉めてしまう。これは、たとえ連日大入り満員の芝居を上演しているような場合でも、破られることのない決まりごとだ。

お駒太夫が妙技を披露していた小屋も、ご多分に漏れず商売を終えている。しかも客の入りのせいか、夕暮れどきというにはいくぶん早い終演だった。

お上が公認する江戸歌舞伎《かぶき》の三座とでもいうなら別かもしれないが、見世物小屋の楽屋など、大部屋というにもせせこましい場所がひとつ設けられているきりだ。ここで、口上や介添え役から演者のお駒太夫まで、みんなが支度を済ませるのだ。

お駒太夫は、鏡台を前に化粧を落としているところだった。

「お疲れ様だねえ」

四十を過ぎた大年増《おおどしま》が一人、楽屋に入ってきてお駒太夫のそばで膝を折った。

「あら、姐《ねえ》さん、お珍しい」

舞台上ではひと言も声を発しなかったお駒太夫が、鏡にぼんやり映った女を認めて声を返した。素顔に戻ると、舞台の上にいるときよりもだいぶ年若に見える。白粉とともに妖艶《ようえん》さのようなものも剝《は》がれ落ちて、さばさばとして男っぽい、本来の顔つきに戻った。しかし、整った顔立ちには変わりはない。天蓋や一亮らと行動を共にする桔梗の、表の仕事場での姿だった。

「相変わらず、愛想なしなもの言いだねえ」

大年増は怒るでもなく応ずる。お駒太夫——桔梗の性分にはもう慣れっこで、諦めているのかもしれなかった。

「こういう気性だから、いまだに悪い虫の一匹も寄りつきませんのさ——で、どうなさいましたね」

大年増は、浅草寺とも深く関わる香具師の元締の女房で、お斤《きん》という。そのお斤がちらりと目をやると、部屋の別の隅で着替えていた娘二人が、気を利かせて出ていった。

口上の男は、演者のお駒太夫に遠慮して——というより気の強い桔梗に気後《きおく》れがして、楽屋には一緒に入らない。おそらくはいつものように、着替えもせぬままどこかへ一杯引っ掛けにでもいったのだろうと思われた。

娘二人がいなくなって、楽屋は桔梗とお斤の二人だけになった。

「端のほうから見さしてもらったけど、相変わらずいい腕してるねえ」

お斤は持ち上げてみせたが、桔梗のほうは「そりゃあどうも」とそっけない。

「お前さんが上方下《かみがたくだ》りの娘軽業《むすめかるわざ》の一座にでも加わってくれたら、えらい評判になるだろうにねえ」

「一人で札止めにできるほどお客を呼べなくて、すみませんねえ」

「いやさ、いいものは持ってるんだよ。ただお前さんは、愛嬌《あいきょう》がないからねえ──そこでだ、京言葉の柔らかな女子衆の中に入りゃあ、お前さんの角々《かどかど》しいところは目立たなくなるどころか、娘らの中で凛々《りり》しいとこが際立《きわだ》って、すごい評判になると思うんだけどねえ」

「目立つのは、今ぐらいで十分でござんすよ」

「お前さん、見世物の舞台に立ってて、それはないだろう。お前さんはいつまでも若いつもりかもしれないけど、そうそう長いこと体が動くもんじゃなし、その綺麗なご面相だって、あと何年かすりゃあだんだん皺《しわ》も増えりゃあ弛《たる》みも出てくる。そうなってから、『ああ、あのとき姐さんの言うこと聞いて、もっと稼いどきゃよかった』って、後悔したって遅いんだからね」

「そのお話は、もう何度も伺《うかが》ってますよ」

「あたしの口にしてるのが道理なんだから、お前さんが『うん』と言うまでなんべんだって繰り返すさ」

鏡台に向いたままお斤の相手をしていた桔梗は、身支度が一段落ついたのか、あるいはお斤との話に決着をつけようとしてか、膝をずらしてお斤に正対した。

「姐さん。姐さんのおっしゃってるなぁ、あたしに別の一座へ加わって、諸国巡業をやれってこってしょう」

「そりゃあ、そうさ。小包丁打ちなんて見世物演じるなら、旅の一座に加わって諸国を巡る生き方すんのが当然ってもんだろう」

「で、元締や姐さんとこには、あたしの引き抜きを手伝った手間賃がごっそり入ると」

「そんな、お前。そりゃあ、ただだとは言わないけど、見世物小屋の興行の演者のやり取りで、そんな大金が動くことがないのは知ってるだろう」

「でも、上方で大当たりを取って箔《はく》をつけて帰ってきたら、もっとずっと大きな小屋で大入りが見込めると」

「お前さんに高名な演者になってもらいたいと思ってるのは、確かだよ。それが、親心ってもんじゃないかい」

桔梗は、「親心ねえ」と溜息をついた。相手を正面から見返して、はっきりと言う。

「ともかく、脇納戸《わきなんど》様のお許しがなくちゃ、あたしはどこへも移れませんので」

浅草寺の納戸役は、いわば寺の経理担当である。脇納戸というからにはその補佐役か何かであろうが、しかしながら脇納戸という職名は、当時の公式の記録には残っていない。

桔梗の拒絶を聞いて、今度はお斤のほうが溜息をつく。

「なんで、芸人の商売にお寺の脇納戸が口を挟んでくるのかねえ。あたしは、前からそれが不思議でしょうがないんだ」

お斤はものを問いたげな目で桔梗を見た。

「あたしなんかよりずっと前からこの商売に携わってる姐さんが知らないのに、あたしが知るわけないじゃありませんか」

「知らなくっても、指図には大人しく従うってかい」

「それが、ここの仕来《しきた》りだと聞いてます——それとも姐さんは、ばっさりと破れますんで？」

横紙破りをやれば、浅草寺と自分らの間柄も怪しくなり、下手をすると奥山の興行から閉め出されることまで絶対ないとはいえない。だからこそ、こうやって搦手《からめて》から攻めているのだが、旗色はいっこうによくならない。

お斤は忌々《いまいま》しげに言った。

「お前さんがその気になってくれさえすりゃあ、そいつを梃子《てこ》にして脇納戸だって動かせると思ってんだけどねえ。もう当人に残る気がないとなりゃあ、お寺さんだってまさか縛りつけとくわけにゃいかなかろうしね」

桔梗は、話は終わったとばかりにさばさばと言った。

「脇納戸様からお指図があったというなら考えますけど、そうじゃなきゃ、あたしは今のままで十分満足してますんで」

お斤はまだ諦めがつかないらしく、恨みがましい目で桔梗を見る。

「欲がないのか何なのか、お前さんにしろ健《けん》さんにしろ、今どきの若い者はいったい何考えてるんだかねえ」

桔梗は、興味を惹かれたように問いを口にした。

「健さんて、健作にも声を掛けてるんですか」

「ああ。でも、返事はお前さんと一緒で、お寺さんから許しがない限り動く気はないとさ」

桔梗は、「そうですか」とのみ応えたが、お斤から聞かされる前に健作の返事は承知していたようだった。

四

定町廻りの武貞が市中見回りから戻ると、御番所の中で麻布桜田町の岡っ引き、稲荷の源七が待っていた。ちょうどそこへ、屋敷に戻ろうとしていた小磯も来合わせたので、三人して桜田町の一件について話をすることにした。

南町奉行所から数寄屋橋《すきやばし》を渡って町人地へ出ると、北が西紺屋町《にしこんやちょう》で南が元数寄屋町《もとすきやちょう》になる。橋の袂《たもと》、元数寄屋町寄りのお濠端《ほりばた》は大河岸《おおがし》といって、昔から木の多いところだった。

柳《やなぎ》や楓《かえで》の青々とした葉が風にそよぎ、裸坊主《はだかぼうず》の桜《さくら》の枝でも蕾《つぼみ》が膨《ふく》らみ始めているようだ。仲春《ちゅうしゅん》らしい、気持ちのいい夕刻だった。

「ざっかけねえとこだが、そこでいいかい」

言いながら、小磯は先頭に立ってすたすた歩いていく。廻り方同心らしい、年に似合わぬ足の運びの速さではあるものの、連れの二人も町方とその手先となれば、何ら気遣いしてやる要はない。

小磯が二人を伴ったのは、橋を渡ってすぐの横丁に建つ一杯呑み屋だった。小磯や武貞が使う小者はそれぞれが雇っているわけではなく奉行所の奉公人だから、御番所を出るときにはもう別れていたが、源七の供をしてきた下っ引きには呑み屋に入る前に武貞が小遣いをやって、「どっかで飯でも食ってこい」と、しばらくの間解放してやった。

「親父、二階を借りるぜ」

勝手知ったる見世らしく、小磯は縄暖簾《なわのれん》を潜ってすぐに板場へ声を掛けると、返事も待たずに階段へ向かった。武貞と源七も続く。

三人が尻を落ち着けた部屋は、客用の座敷として使っているというより、夜は親父の寝間《ねま》になるところのようだ。

上がってきた小女に、酒と手早く出来る肴《さかな》を見繕《みつくろ》って注文し、「みんないっぺんに持ってきて、後は呼ぶまで上がってくるな」と念を押す。注文の品がそろって、三人はようやく本題に入った。

「で、その後の進展はどうだい」

二人に酌《しゃく》をしてやりながら、小磯が訊いた。

「そいつが、どうもあんまり芳《かんば》しくありませんで。小磯さんの見立てどおりじゃあるんですけど、千次郎の仲間らしい野郎は、一人も浮かび上がっちゃきません。

かといって、幼い娘二人がいなくなって、一人が死骸で、もう一人が攫われてるとこを見つかった一件以外、あの辺りで特に変わったことは何も起こってねえようですし、最近あの仕舞た屋に誰かが出入りしているようなところを目にしたってえ者もいねえようです」

武貞の話によると、「千次郎は先に仕舞た屋に乗り込んでた野郎に殺られたか、あるいは仲間を装って初めから千次郎の命を狙っていた者の仕業かもしれない」と小磯が口にした推測に基づいた調べをしたらしい。

――「千次郎がやらかした一件以外に」ってったって、その一件だけであの町ゃあ大騒ぎだろうに。

肚の中ではそんなことを考えていても、小磯はおくびにも出さない。

「仕舞た屋に出入りするとこを見られた野郎は一人もいねえってのは、千次郎も含めての話だよな」

この問いには、両手で小磯の酌を受けた源七が、そのままの姿勢で「へい」と返答した。

小磯は自分の前に置かれた膳に目を落とす。

源七はめったにない殺しにぶち当たって張り切っているようだが、武貞のほうからはそうした熱意があまり伝わってこなかった。身延屋での殺しとの関連の調べを小磯に止められて、意欲の湧かぬ思いはあるのだろう。

源七のいないところで叱《しか》ってやるべきかもしれないが、己のことを考えればそんな気も起きない。

——まぁ、おいらが武貞《こいっ》の立場だったら、やっぱりやる気は失せちまってるだろうしな。

口の中に新香《しんこ》を放り込んで、顔を上げた。

「で、一階の床下から見っかった骨は、やっぱりお佳のモンだったのかい」

ようやく最初の一杯を口にした源七が、「へい、親が確かめましたので」と頷く。

「そいつぁ、着物から？」

これには、武貞が答えた。

「骨になってたなぁ手足ばっかりで、胴体と頭ぁほとんどそのまま残ってたんですよ。まぁ、尻っぺたの肉は削ぎ落とされてましたけどね――しかし、いってえなんで、あんな惨えことやらかしたのか」

胴体、特に腸《はらわた》が残されていたなら、あれだけ腐臭が強かったのも頷ける。

「いってえなんで、あんなことをしたのか」――お菊が、千次郎のものと思われる涎にまみれて見つかったのだから想像はつこうと思うのだが、確証があるわけではなし、酒が不味《まず》くなるだけなので返答はしなかった。

「穴の中にあったなぁ、お佳の死骸だけだったんだな」

「へえ、あの穴ぁずんと深く掘り下げただけじゃあなくって、念のため床板みんな引っ剝《ぺ》がして家中全部ほじくり返してみましたけど、他にゃあ、地べたにそのまんま転がってた猫の骨ぐれえで」

――二人のみで、しかも二人目は殺されずに済んだ。

やりきれない一件の中で、それだけは救いになった。

「お菊の様子はどうだい。少しゃあ、元気になったかい」

次に気になるのは、やっぱり殺されずに済んだ娘のことだ。

この問いに、源七は坏《さかずき》を置いて背筋を伸ばした。

「へえ、実は、今日お菊の家へ行ってめえりやして。そのご報告で、今日は武貞の旦那のとこへ面ぁ出させていただきやしたんで」

源七の言葉を聞いて、武貞は体の向きを変えた。

「するってえと、何か話は聞けたのけぇ」

「へえ、あんまりはっきりした話ゃあ無理だったんですが」

「で、何だって?」

「お稲荷さんの参道でお祖母ちゃんとはぐれていくらもしねえうちに、何だか訳が判らなくなっちまったそうで」

「そんだけかい? 攫われるときに、千次郎の姿は見ちゃいねえのか」

「それが、何も憶えていねえそうで」

すまなそうに答えた源七に、武貞は気を取り直して次の問いを発した。

「で、仕舞た屋の中のことは」

「騒々しかったのは憶えてると。何か大きな黒い物が、跳んだり跳ねたりしてるようだったそうで」

「何だぁ、家ん中で大《で》っけえ黒いモンが跳んだり跳ねたりだぁ? そいつぁ、ただ夢見てただけじゃねえか」

何も得られるものはなかったと、がっかりした武貞が吐き捨てた。

脇から小磯が口を挟む。

「お菊は、他にゃあ何も言ってなかったのかい」

「へえ、それが……こいつも武貞の旦那のいう夢の続きなんでしょうけど」

「構わねえから、言ってみな」

「へえ、騒ぎが収まってからですけど、誰かに顔を覗き込まれたと」

とたんに武貞は元気を取り戻した。

「何っ、そいつを早く言いねぇ。で、その覗き込んだってえなぁ誰なんだ。お菊の知ってる野郎か」

「いや、ぼんやりしてたけど、知った顔じゃなかったと」

「で、人相は。どんな格好してた？」

「それが……二人おりやして、一人はお兄ちゃんで、もう一人はお坊さんだったそうで」

「お兄ちゃん？」

「あっしも気になって詳しく聞きましたけど、『金太《きんた》兄ちゃんぐらいのお兄ちゃん』だそうで――この金太ってえのはお菊の兄でして、父親が若えころ世話んなった親方んとこで、住み込みの修業をしておりやす。今年で十三になりやすが、お菊と離れて暮らすようになったなぁ十一のときですから、お菊が言ってんなぁ、あるいはそのぐらいの歳の子供のことかもしれやせん」

「餓鬼と坊主だぁ？　――駄目だ、やっぱりただ夢見てただけじゃねえか」

武貞は乗り出していた身を引いて、落胆の声を上げた。

「子供と僧侶……」

話を聞いていた小磯は、武貞とは違って考え込む様子を見せた。

「小磯さん？　何か、思い当たる節《ふし》でもあるんで」

武貞が、疑い深げに問い掛ける。

「……いや、大したこっちゃねえんだが」

そんな答えを返すのにも間が開き、小磯はまだ何か考えるふうだった。

その後も一件に関する検討は続けられたが、武貞と源七には小磯がどこか上の空になってしまったように感じられ、不本意ながらも急の会合は尻すぼみで終わった。

源七には途中からの小磯の態度も、その小磯へ文句ひとつ言わない武貞の過度に見える自制も不可解だったが、岡っ引きの分際《ぶんざい》で口に出せることではない。後で武貞と二人きりになった折に、様子を見ながら切り出す機会を覗うよりなさそうだった。

一方の武貞も、内心不満を憶えていなかったわけではない。ただ、小磯がはっきり口にしない上は、そうできないだけのきちんとした理由があることはわきまえていた。

思い当たるのは、こたびの調べで止められたばかりの「御番所が無理に落着と決した一件」に関わる何かではないか、ということだ。

そうであればなおさら、武貞にすれば小磯へ問うことはできない。なにしろ己は、小磯に肚の据わり方を問われて尻込みした男なのであるから……。

五

元数寄屋町の一杯呑み屋で急に小磯が押し黙ってしまった背景について、武貞の憶測はほぼ当たっていた。とはいえ、それは武貞の思いもしないようなものであったのだが。

千次郎に誘拐かされたお菊が、気を失いかけた夢うつつの中で見た「お兄ちゃんとお坊さん」——源七が語ったその言葉に、小磯は大袈裟《おおげさ》に言えば雷に打たれたような衝撃を受けた。

——子供と僧侶……。

そうした組み合わせは、こたびの桜田町の一件と関連があると小磯が睨んでいる、宮益町身延屋の主従殺し、浅草田圃の辻斬りの、いずれでも目撃されてはいない。

ところが小磯はつい最近、僧侶と子供という同じ取り合わせの二人組について、印象に残る出会いを経験していた。

——百花園。寺島の渡し場近くの大川と白鬚明神社に続き、「額に穴の開いた」三度目の死人が出た場所。

ただし、この向島三箇所で出た「額に穴の開いた死人」の傷口は、一連の——と小磯が睨んでいる殺しとは違い、刃物による傷ではなかった。手裏剣はおろか他のどんな刃物についても、騒ぎの中で使われたような形跡は、いっさい見つかっていないのだ。

つまり、向島の三件については、一連の殺しとつながげられる物証は何も見当たらないことになる。

——にもかかわらず、なぜおいらは、気を失いかけた幼い子供が話した現《うつつ》か夢かも判らねえことに、こんなに引っ掛かってる……。

はっきりした理由はひとつもない。それでも言葉にするなら、ただ「長年の勘」とでも言うしかなかろう。

その他にもさらに、無理にでも似ているところを捜すとすれば、どれをとっても「理屈の通らない不可思議なこと」があるように見える、というぐらいであろうか。

一連の殺しのいずれにおいても、下手人がどこへ消え失せたかはもとより、誰がどうやって殺しの場に居合わせることができて、何を目的に人殺しなどという大罪を犯したかという、筋の通った説明が全くつかないのだ。

向島の三件の人死ににについては、その後ぱったりと途絶えてしまったこともあり、殺しかどうかの判断すらついていないのだが、何から何まで判らぬことだらけだということ自体が、他の一連の人殺しに劣らぬほどの大きな謎を内包しているといえた。

宮益町、浅草田圃、桜田町。三件の殺しについては必ず同じ人物が絡んでいるはずと、小磯は確信に近い思いを抱いている。そしてこたびの桜田町と、向島の人死に三件が、もし同じ「僧侶と子供」でつながるならば……。

——このごろおいらが関わった人死にの全てが、一本の線で結ばれることになる。ならば当然、向島の三件六人の人死にも、みんな殺しだってことになろうな。

小磯は、これらの騒動それぞれについて、己の知っていることを頭の中で何度も繰り返して並べてみた。

——三件の殺しについちゃみんな、手に掛けた手裏剣使いの野郎は煙みてえに消えてる……。

そこに考えが至ったとき、何かモヤモヤしたものが心の隅にあるのを感じた。

——なんだ？

懸命に考える。ふと、閃《ひらめ》いた。

——いいや、手に掛けた野郎は消えた？

ひとつだけ、例外があった。もう一人、煙のように消えている者がいるのだ。

それは——。

「小僧」

小磯は、声に出してぽつりと呟いた。

一連の殺しの中で最も古い身延屋の一件では、身延屋の主夫婦を殺したと思われる物乞《ものご》いに扮《ふん》した男女と一緒に、新入りの丁稚《でっち》が消えていた。身延屋から消えた、確か市松とかいう名の小僧は、まだ存命だとすれば年が明けて今十四になっているはずだ。

「まさか」

再び小磯の唇から言葉が漏れた。

――己が百花園で三人が死んだ直後に見かけたあの子供は、そして桜田町の仕舞た屋でお菊が見たという「お兄ちゃん」は、身延屋で消えた小僧だってえのか。確かに、歳のころはぴったり合いそうだが……。

小磯は、大きく息を吸って深く吐いた。いくらなんでも、考えが飛躍しすぎている。己は今、とんでもない思い違いを為《し》でかそうとしているのかもしれなかった。

――しかし、もし身延屋の小僧が全ての人死にに関わっているとすれば。

考えを改めようとしても、なぜかどうしてもそこへ戻ってしまう。小磯は溜息をついた。

考えが他に向かないなら、頭にこびりついた思いを一度とことん吟味《ぎんみ》してみるしかない。それで「穴がありすぎる」という結論に至れば、己の思案も他へ向けることができるようになるだろう。

それでは、宮益町、浅草田圃、桜田町の三件の殺しと、向島の三件の人死にが、全て同じ者が関わってなされた出来事だと仮定する。それで、最初に言えることは何か。

――殺ったのはおそらく、最初の宮益町の身延屋に現れた、物乞いに扮した男女二人。

そのいずれかが、あるいは両方ともに、手裏剣使いだと考えてもいいだろう。宮益町の一件で死んだ商家の女房のほうが、別方向から二本同時に手裏剣を受けていると見なされるところからは、二人ともに手裏剣遣いであるほうに賭けたほうが勝ち味は濃いかもしれない。

後の登場人物は……。

――坊さんと、小僧。

身延屋に現れた物乞い姿の男女のうち、男のほうと僧侶が同一人物だということもあり得なくはない。しかし小磯は、おそらくは別人だろうと考えた。

もし同じ者だとするならば、僧侶は物乞い姿に扮するときに、鬘《かつら》まで被っていたことになるからだ。これから人殺しをしようという男が、どれほど手荒な修《しゅ》羅場《らば》になるかも判らないようなところへ、鬘など被って出ていくとは考えづらかった。

むしろ、一連の明らかな人殺しとは毛色の違う向島の三件は、手裏剣使いでない者の手口だと考えたほうが得心はいく。僧侶は、あるいはそちらで手を下しているのかもしれなかった。

――すると、僧侶と子供と若い男女で、都合四人。

いかにも妙てけれんな組み合わせだ。いったいどこなら、そんな珍妙な取り合わせになるのだろう。それを考える前に、まずは四人組の成り立ちを想像した。

――もし僧侶の伴っていた子供が身延屋の市松だったら、まさかあの一件の前からぐるだったというわけではあるまい。

市松が奉公する前から当人を見知っていた、ところの岡っ引き八幡《はちまん》の稲平《いなへい》が、市松の行方を追うとともに過去に遡《さかのぼ》って身元を洗い直していた。それでも、このたび小磯が疑いの目で見ている僧侶や物乞いに扮した男女どころか、人殺しに手を染めそうな人物との関わり合いなど、ひとつも見つけ出せなかったのだ。

――すると市松は、身延屋の主夫婦による奉公人殺害の場から、ただ一人救《たす》け出された？

どうにもありそうな話には思えなかった。

人殺しなどとは全く縁のない生き方をしてきた者を、単に救い出すだけならまだしも、その後も己らの近くに置いておくなど、町方に「捕まえてくれ」と言っているようなものだ。普通の者なら人殺しがそばにいるだけで恐ろしくなって番屋に駆け込むか、あるいはもし連中に賛同する気になったとしても、素人の悲しさでいつドジを踏むか判ったものではないからだ。

ただそばに置いておくだけでも相当に危ういのに、これから人殺しをしようという場へ連れ出すなど、正気の沙汰《さた》ではない。

――やっぱり、こんな考えにゃあ無理があるか。

市松が一味の一人だなどという説は早々に捨て去ろうと苦い笑いを浮かべる。

すると、ふと、ひとつの光景が頭に浮かんだ。

それは、百花園の木々が生い茂る中、僧侶に伴われた子供と偶然に目が合ったときの姿だった。

――あの子供、なんて悲しい目をしてやがる。

己は、そう感じてほんの一瞬動けなくなった。

――あれが、市松？

確証は何もない。しかしもしそうなら、いったい何があったのか、さらにこれから市松がどうなっていくかを、己は追わぬわけにはいくまいという決意が心に芽生えていた。

青山はずれ宮益町、麻布桜田町、浅草田圃、向島寺島の渡し場近辺、同じく白鬚明神社。

発生順とは違っているものの、小磯はなるたけ余分なときが掛からない経路を選び、全てひとつながりではないかと己が疑っている人死にの起きた場所を、次々と回ってみた。そして今は、最後のひとつ、向島百花園にいる。

ぐるりを見回しても、もはや三人もの死人が出たときの殺伐《さつばつ》さはどこにも見られない。年が明けたばかりの当時より、暖かくなった今は花の数も増え、散策を楽しむ見物人の往来も盛んになっていた。

――いってえ、こんな風流な場所で何があった。

今さらながらに思ってみても、新たに心に浮かぶものは何もなかった。

小磯は、散策路の脇に佇み、これからの調べをどう進めていくべきか考えた。

――四人組のうちの子供が市松だとしたら、おそらく市松は最後に加わったはず。すると、まず若い男女と僧侶の三人の組み合わせができそうなのはどこか。

若い男女のうちの少なくとも一方は、手裏剣を相当達者に使う……。

これだけの材料では、考えられることはいくつもある。

僧侶と武芸の遣い手なら、寺とそこに属する寺侍という取り合わせがある。女が一緒なのは一見理屈にそぐわなさそうだが、江戸には普通の寺と尼寺《あまでら》が隣り合っているようなところだって少なからず見られるのだ。その場合、女は尼寺の下働きか何かだろうか。

あるいは、武芸の道場と寺が隣接しているところ。手裏剣を表看板にしているような道場はさすがに江戸でもそう多くはなかろうが、剣術の道場で他の武芸も一緒に教えているところなら数えきれぬほどあった。それなら女が関わっているのは、寺ではなく道場のほうだろう。

必ずしも、三人の住まいが隣接しているとも限らない。百花園で小磯が目撃したときには子供のほうに気を取られて、連れの僧侶についての印象は薄いが、そう歳を取ってはいなかったような気がする。なれば三人は、今は住まいも仕事も違うが幼馴染みで、子供のころの何らかの出来事が現在の人死にに関わっているということだって、ないとはいえなかった。

小磯の足は、百花園を出て南へと向いていた。一日を虚しく過ごして御番所に帰ろうというのだ。

小磯は歩きながら、御番所への帰路を考えた。本所へ入ってすぐに吾妻橋《あずまばし》を渡るか。それとも、さらに大川沿いに竪川《たてかわ》近くまで下って両国橋《りょうごくばし》か。

——両国橋……。

ふと、思いついたことがあった。

何の手掛かりにもなるまいという予測はついていながら、目的を得た小磯の足は、先ほどまでとは比べものにならぬほど忙《せわ》しなく動かされていた。

第四章　奥州路《おうしゅうじ》

一

深夜のあの堂宇。いつもの面々が居並び、話をしているようだ。

「で、その町方同心は、天蓋の小組に気づいたと申すか」

誰かが、張り詰めた声で問いを発した。皆へ報告をしていた僧が、答えを返す。

「どうやら、百花園で天蓋や連れの小僧とばったり遭ったときのことを、こたび桜田町で命の救かった娘の証言と結びつけたようで」

「また、あの小僧か」

苦々しげな声を上げたのは、樊恵だった。報告者はさらに続ける。

「その同心、先日は宮益町の身延屋、桜田町の仕舞た屋、浅草田圃の辻斬りの現場、そして大川の寺島の渡し、白鬚明神、百花園と立て続けに回っておりましたゆえ、一連の芽吹きをひとまとまりのものと考え始めたのではと疑われまする」

「全て、天蓋の小組が関わった場所よな」

樊恵が、指摘した。一座を取りまとめる万象が口を開く。

「それだけならば、まだどうということもあるまい。実際に我らの許へ迫ってお
るというわけではなかろう」

報告する僧は、「それが」と一瞬迷ったように言葉を詰まらせた後、己の疑いを口にした。

「百花園まで参りました同心はその後、御番所へ戻ったのですが、帰り道に両国橋を渡りましたところ」

「どうしたというのじゃ」

「東西双方の橋詰広小路《はしづめひろこうじ》で行われている大道芸に、しばし足を止めて見入っていたと」

「くだらぬ。それがどうした」

万象の補佐をする宝珠が吐き捨てた。

「そうとは限らぬぞ」

言い出したのは、また樊恵だ。

「どういうことか」

宝珠の問いには直接答えず、樊恵は報告の僧を質した。

「路傍《ろぼう》の芸に足を止めるなど、その同心はよくやっておることなのか」

「いえ、はっきりとしているのは耳目衆が張り付いて以降のことだけにございますが、その限りにおいては、芸をしておる当人に関心なき場合に、足を止めるようなことはしておらぬそうで」

この答えを聞き、樊恵は宝珠へ顔を向け直した。

「つまりは、そういうことにござろう——その同心は、芸を見ておったのではない。気づいたのよ」

「何を?」

「手裏剣の技が、見世物の芸であるということをだ」

一座が、ざわりと揺れた。囁き声で私語を始める者もいたが、万象が口を開くと皆が静まった。

「その同心、以後も大道芸などを見て回っておるのか」

「いえ、市中をいろいろと歩き回っておるようですが、特に大道芸人がいそうなところ、というわけではないように見えまする」

「気づいた、と言うより、気づきかけた、と言ったほうが、より正しゅうござりましたかな」

樊恵は己の発言を渋々修正する。万象は構わず、問いを続けた。

「で、同心は何を調べ歩いておる。そこまで確かめられたか」

「勘の鋭い男だと聞かされておりましたので安易に近づくことはしておらぬため、確実とは申せませぬが――どうやら、武芸の道場や寺を回っているようにございます」

「武芸とは」

「剣術道場が主ではございますが、ここでは表芸以外にも何か教えているかどうか、他にそういうことをやっている道場を知らぬかなどと、訊いて回っております」

「寺は」

「どのような見当で回っておるのか、なかなか考えが摑めませなんだが、どうやら尼寺で、なおかつ近くに普通の寺もあるようなところを見て回っておるようにございます。そういうところでは、それぞれの寺双方に関わる騒ぎのようなものが近年起こっていたりはしないかということを訊いておるようで」

皆に聞かせるように、声が発せられた。

「やはり、このままには捨て置けぬの」

「樊恵、どういうことか」

尊大な樊恵が、万象には丁寧な口調で答える。

「剣術道場で表芸以外のものを教えておらぬか訊いておるということは、やはり手裏剣に着目しておるということにございましょう。それと同時に寺を、しかも尼寺と隣接しておるような寺にも探りを入れておる――天蓋の小組のような人の集まりがあること、そしてその中にはどのような者がおるかを、おおよそ摑んでおるということに他なりませぬ」

「しかし、まだまだ遠いところでうろうろしておるだけであろう」

宝珠の楽観論を、樊恵はばっさり切り捨てる。

「いずれこの地にも現れようぞ。あの同心がどれほど探索の手練《てだれ》者であるかは、我らが耳目衆をあの者に差し向けざるを得なかったことで、すでに明らかであろうが」

樊恵はそれだけで話を終わらせず、これまでずっと沈黙していた知音へ顔を向けた。

「かような仕儀に立ち至ったは、天蓋らの拙《つたな》き振る舞いが全ての元凶。知音、さしものお主も、そを否定はできまい」

名指しされた知音は、静かに応じた。

「さようにございましょうや。愚僧には、このようになったのは不運が重なったことが大きいように思われますが」

樊恵は怒声を発した。

「不運だと！　今のこの危難を、運のあるなしで論じようとか。言《げん》を左右にして逃げを打つのもいい加減にせよ。もし不運があったと申すなれば、それは天蓋らの振る舞いが招いたことであろうが。

これまでそなた、様々に詭弁《きべん》を弄《ろう》して参ったが、やはり全ては天蓋があの小僧を、芽を摘む場より連れ帰ったことから始まっておるのだぞ。それだけでも重大事なのに、こたびはあろうことか、芽を摘む場に生き証人を残してくるようなまねまでしおった。彼《か》の同心が天蓋と小僧の存在に気づいたは、まさしくそれあったればこそではないか。

愚昧は、天蓋にさような勝手を許してきた、そなたの言動にも責めがあると申しておるのじゃ」

弾劾《だんがい》された知音は、冷静に言葉を返す。

「古来より今日に至るこれまでの芽吹きで、我らが見殺しにせねばならなかったことにより、どれだけの無辜の者が犠牲になってきたでしょうか」

「まだ言い逃れをせんとするか！」

知音は初めて樊恵を見返した。その目は、怒り心頭に発した樊恵を一瞬黙らせるほどに冷えていた。

「逃れる気などさらさらござりませぬ。皆様が愚僧に罪ありと仰せならば、いかような罰も受けましょうぞ。ただ、愚僧に罪あるかをご検討なさるためではなく、天蓋らの振る舞いが真に我らの本意より逸脱《いつだつ》したるものかどうかをお考えいただくために、しばし愚僧の言葉に耳をお貸しくだされ。

我らは仏道にある者。そは、討魔の所為《しょい》に自ら手を染めんと決したる今も、いっさい変わりなし。皆様も、同様であろう――なれど、芽を摘む場において無辜の者が害されんとするのにずっと目を瞑《つむ》ったままでおるは、真に仏道に仕える者の姿と申せましょうや」

「詭弁ぞ」

「さようでしょうか」

「我らは何よりもまず鬼を討つことを第一とせねばならなんだ。そうせねば、世が壊れかねぬのじゃからの。ゆえに、涙を呑んで鬼に害される者らを見送ってまいったのではないか。それをそなたは――」

言い募る樊恵の言葉を、知音は途中で遮った。

「今までは確かに、そうでございましたが」

「今までは？　これからは違うとでも申すか」

「そうできるやもしれぬと、思うております。天蓋が目指すのは、まさしくその途」

「笑止！　夢見たような甘いことを考え、できもせぬ衆生救済《しゅじょうきゅうさい》を求めた結果はどうじゃ、我らが活動を危うくしかねぬ状況を、もたらしただけではないか。もし我らが動けなくなるようなことがあれば、この世はどうなる。鬼が好き勝手に跳梁跋扈《ちょうりょうばっこ》することになるのだぞ」

「いまだ、鬼の跳梁を危惧する事態にまでは立ち至っておりますまい」

「いまだじゃと！　何を申しておる。そうなってからでは遅いと言っておるのじや。そなたとて、よもや判らぬなどとは、ほざけまいが」

ここで、万象が二人の論争に割って入った。

「そこまでじゃ――知音。そなたの申すことに全く道理がないとまでは言わぬが、まさに芽吹きが増えんとしておる昨今の情勢を鑑《かんが》みれば、全体を危うくしかねぬ振る舞いは、当節に相応《ふさわ》しからぬとは思わぬか」

知音は万象に向き直り、はっきりと己の考えを口にした。

「この情勢であるからこそ、まさに天蓋のような考えが必要になっておるのではございますまいか」

「何を抜かしておるっ」

激高した樊恵を、万象が手で制した。無言のまま、知音に先を促す。

「万象様のおっしゃるとおり、このごろ芽吹きは目立って増えておりまする。さらにその詳細を見るに、ただ芽吹く数が増えているだけではございませぬ。一度の芽吹きで犠牲となる無辜の民の数も増えておりまする」

樊恵がぼそりと呟く。

「……偶々、少々数が多いことが続いただけであろう」

「そうでございましょうか。宮益町の身延屋では、犠牲になった奉公人は五人、もし天蓋が連れ帰ることとなった一亮が自らの才覚で逃れておらねば、六人になっておりました。

向島では三箇所で合計六人、もしあの場で一亮が芽吹いた鬼の気配を捉えておらなんだら、次の長命寺ではさらに四人の犠牲が出ておりましたろう。一亮が身延屋で死んでおらば、その長命寺でも察知できぬままやもしれず、向島七福神全ての凶行を抑えられねば、都合合計二十八人が亡くなっておったことになります。これでも、一度の芽吹きで犠牲となる者の数は増えておらぬと申せましょうや」

「宮益町では五人か六人、たかが一人の違いではないか。向島のほうは、六人はそなたの言うとおりであっても、その後も討魔衆壱の小組が向かってなお凶行が続いたとは思われぬ。二十八人は、いくら何でも大袈裟に過ぎよう」

樊恵の否定に、知音は反駁する。

「お言葉ながら、仏道にある者が死にゆくお方について『たかが一人』という言い方はございますまい。それに、一亮を天蓋の小組へ置き続けることについて、なぜに壱の小組の小頭たる無量がわざわざ進言をして参ったと思われますのか。己らにはない能力を、一亮の中に認めたからではござりませぬか」

この指摘には、樊恵も即座の反論ができない。

やり合いに決着がついたところで、万象が議論を本題へと戻す。

「知音の申すことは判ったが、それでもなお樊恵の危惧も、ゆえないことだとは思われぬ——が、それはとりあえずよい。彼の同心がこちらへ疑いの目を向けるまでには、まだ多少のときはあろう。

で、我らが今検討すべきは、そのときをどう使うかじゃ。町方同心の探りにどう備える」

万象の問い掛けに、これまで黙っていた者の一人が提案を口にした。

「天蓋の小組に気づきかけておる町方同心は、一人だけなのでござりましょう。なれば、どこぞへ放逐《ほうちく》してもらえばよろしかろう」

前巻で「町方の与力同心はお役を免ぜられでもしない限り隠居するまで町奉行所でのお勤めから離れることはない」と書いたが、例外はある。たとえば、表立って咎めることはできなくともそのままにはしておけない場合などは、遠国奉《おんごくぶ》行《ぎょう》配下の与力同心へと、転居を伴う遠隔地へのお役替えを命じられることもあった。

今の発言者の話からすると、この面々には、町方役人を飛ばすだけの隠然《いんぜん》たる力が与えられているらしい。

万象は、無表情な目で提案者を見返した。

「上からの圧力で調べをやめさせることを含め、それは最後の一手じゃ。安易に使《つこ》うてはならぬ。

そなたの申す手立てで町方の探索がぴたりと止まればよいが、却って反発を覚え、密かに探りを続けんとする者を増やすだけに終わるやもしれぬ。そのような輩《やから》全てを力で押さえつけ始めては、却って我らの存在が明るみに出てしまうような齟齬《そご》が生じかねぬゆえの」

これを受け、梵恵が発言する。

「なればやはり、天蓋も組子も皆お山へ戻せばよいだけではござりませぬか。無論、あの小僧も一緒に、でござる。

聞けば、彼の同心はもういい歳だとか。なればその者が死ぬか隠居するまで、天蓋らには五年でも十年でも、お山で修業のし直しをさせればよいだけ。戻ってきたときはもはや何の憂いもなくなっていることになりますし、天蓋らもきちんと修業を積み直せば、もっとまともに働くようになりましょうしな」

「天蓋がようやく見つけた光明《こうみよう》を、この一事で消し去ろうと仰せですか」

「我ら全てにとっての存立の危機なのじゃ。当然の判断であろう」

知音の抗議を、樊恵はあっさりと撥《は》ね除《の》けた。それでも、知音は食い下がる。

「お待ちくだされ、希望の火を消すというだけではござりませぬぞ。我ら評議の座が天蓋の小組を活用すると決めたは、現存の壱、弐《に》、二つの小組だけでは手が足らぬようになってきた現状へ対応するため。そこから天蓋の小組をはずして、これより討魔の業がまともにこなせていけましょうや」

「……ない袖は振れぬ。やるしかあるまい」

「本《ほん》にそれで、やっていけるとお思いか」

ここで万象が、「知音」とまた割って入った。

「己と意見を異《こと》にする者を非難するは容易じゃが、そこには対案がなければならぬ。そなた、樊恵の案を超えるものを我らに示してみせられるか」

知音は万象へ一揖《いちゆう》し、語調も改めた。

「されば、天蓋の小組は、壱、弐、二つの小組を出すまでもなさそうではあるが捨て置くのはいささか危ういというところへ差し向けることと決しております。まさに今、そのようなところがあるではござりませぬか。しかも遠方。江戸の町方同心には、手の届かぬところにござります」

「つい先日まで壱の小組を差し向けて、何もなかったと判明しておるではないか」

樊恵の異論に、知音は冷静に答える。

「壱の小組が向かったのは、より北の地。こたび向かわせる辺りには、往き帰《い》りに近くを通り過ぎたかどうかというだけにござりましょう。詳しく調べてはおらぬはずにござります」

「ただ通り過ぎただけだとて、もし芽吹きの気配があれば察知しておろう。向かったは、壱の小組であるのだぞ」

「その壱の小組すら察知できなんだ百花園での芽吹きに際し、見事に鬼の居所を暴《あば》いてみせたのが天蓋の小組にござります」

樊恵は、知音との論争を一方的に切り上げ、万象に向かって言った。

「反対にござります。天蓋の小組であれ、人を遠方へ送るには金が掛かりまするが、我らの内証とて無尽蔵《むじんぞう》ではありませぬ。無駄になるのを承知で出すには、いささか遠すぎるかと。

それに、たとえ天蓋の小組を送り出すことにより彼の同心の目から逃すことができたとしても、それはただ一時《いっとき》のことにしか過ぎませぬ。芽吹きを探りに出しただけでは、すぐにも戻ってくることになりましょうゆえ、我らが憂いはいささかも解消されたことにはなりませぬぞ」

知音も、万象に訴えた。

「それこそ愚僧が口にしたことの真意にござる。もしお山に送ってしもうたなれば、簡単に江戸へ戻すことなどできなくなりますゆえ。

これよりの芽吹きの増え方も定かならず、今、皆様が憂いとなさっておる同心が、これよりどこまで我らに迫って参るかも判らぬ中、貴重な手駒を安易に手放すような策は採るべきではないと存じ上げまする」

二人の意見をじっと聞いていた万象は、周囲へ目を向けた。他の面々の考えを聞くためであった。

二

朝の奥山。参道のほうなら、早朝からお参りする参拝客もちらほらいるだろうが、裏手の奥山には見物人の姿はない。どこの見世も小屋もまだ開いていないとなれば当然のことなのではあるが、芸人も売り子も裏方の者たちも、思い思いにのんびりと朝のときを過ごしていた。

一亮はといえば、住まいとする物置小屋から出て周辺の道を竹箒《たけぼうき》で掃《は》いているところだった。

きっかけは、今手にしている箒を物置の隅で見つけたことだ。すでに、小屋の周囲ぐらいなら好きに表に出ることを許されていた一亮は、身延屋の奉公で早朝見世の表を掃いていたのと同じように、周囲の掃き掃除《そうじ》を始めたのだった。

「おう、いっちゃん。朝から精が出るねえ」

「お早うございます」

すでに顔馴染みになり、声を掛けてくれる人もいる。しかし、気さくに挨拶をし、ほんの軽い冗談ぐらいなら言い掛けてきてくれはしても、それ以上踏み込んで一亮のことを尋ねてくる者はいなかった。

そうした意味で一亮は、奥山で働き、あるいは住み暮らす人々からまだ仲間扱いはされていないことになる――いや、出自《しゅつじ》やこれまでの住まいなどについて探りを入れてくる者すらいなかったというところからすれば、むしろ一線を引いてその向こう側から観察されているような立場に置かれているのかもしれなかった。

数少ない例外は、僧侶の天蓋、そして桔梗と健作の三人だ。

その健作が、細工物で見物客を集める見世物小屋の裏手で何かをやっていた。一抱えほどもありそうな籠《かご》状の物をためつすがめつしながら手を器用に動かしているところからすると、どうやら細工物の手直しをしているらしい。

「お早うございます」

「おう、お早う」

健作は、ちらりと一亮を見て笑顔を見せると、屈託《くったく》なく挨拶を返してきた。

「手直しですか」

「ああ、飾ってある物の中に動く仕掛けがあるんだが、そいつが今ひとつ具合がよくなくてな」

「あの……」

「なんだ、言ってみな。俺は天蓋様みたいに小難しいことも言わなきゃあ、桔梗みたいに無闇に噛みついたりもしねえよ」

これまで健作とは、桔梗や天蓋よりも接する機会はずっと少なかったが、取っ付きの悪い人ではなさそうでほっとした。こちらへは気さくに受け答えをしながら、視線と関心がずっと己の手にする細工物へいっていることも、一亮が気安く話せた一因だったかもしれない。

「その細工物を作ったのは、別の職人さんですよね」

「ああ、俺はこんな七面倒臭え物を、二十も三十も造る根気はないからな」

見世物小屋に人を呼び込んで金を払わせるには、見上げるような大物複数を含む、多くの細工物が必要になるのだ。

「勝手にいじって、怒られたりしないんですか」

健作は一亮をちらりと見て、口元に皮肉な笑みを浮かべた。

「それがな、こいつを造った親父がいなくなっちまってよ。座主さんが困って泣きついてきたから、ちょいと手伝ってんのさ――なぁに、見世物の仕掛けが上手く動かなくて小屋が開けられねえんじゃ、いなくなった親父さんだって困るんだ。もし戻ってきて俺が手ぇ出したって後から知ったって、文句なんか言えねえさ」

「いなくなった？」

「ああ、酒と博打《ばくち》が大好きな親父だからな。今ごろどっかで呑み潰れてんのか、はたまた賭場《とば》でとうてい返しきれねえほど大負けして、見せしめに簀巻《すま》きにでもされちまったか」

後のほうなら大ごとのはずだが、健作の口ぶりには切迫したものが少しも感じられなかった。どういうことかさらに訊こうとしたとき、背中から声がしてきた。

「ああ、おった、おった。ようやっと見つけたわ。健作はん、あんた捜すのにえらい難儀しましたで」

振り向いてみると、羽織《はおり》を纏ったそれなりに立派な装いの、中年の男がやってくるところだった。男は一亮をちらりと見ただけで無視することに決めたらしく、二人の間に割って入って健作のほうを向く。

話を途中で邪魔された一亮だったが、大人しく一歩下がって場を譲《ゆず》った。

「これは座頭《ざがしら》。俺にまた何かご用で？」

健作が「座頭」と呼んだことと当人の上方訛《かみがたなま》りで、一亮にも相手の正体が判った。

大坂から下ってきた、操芝居《あやつりしばい》（現代で言う人形浄瑠璃《にんぎょうじょうるり》）一座の長である。操芝居の座頭は必ず太夫と呼ばれる浄瑠璃語りが就くことになっているそうで、この座頭は確か夷太夫《えびすだゆう》とかいう名であった。

この時代の操芝居の座長ならば櫓下《やぐらした》とか紋下《もんした》とか呼ばれてもおかしくはない

はずなのだが、夷太夫の一座にそう呼ばれるだけ格はないということなのだろうか。あるいは健作には操芝居についての詳しい知識がないため、本来の呼び掛けをしていないというだけかもしれない。

「健作はん、『何かご用で』じゃありまへんがな。わての話は聞いておくれやったんやろ」

夷太夫は腰を屈めて健作と視線を合わせると、最初から勢い込んで言った。

「座頭の一座に入って、人形遣いをやれって話ですかい？　ありゃあ、もうお断りしたはずですが」

「そないに連れないことを言わんと、もっと真剣に考えておくれやっしゃ」

「真剣にって言われましても、俺にゃあ向いてませんから」

気のない様子の健作に、操芝居の座頭は「そんなことあらしまへん」と、おもねる様子をかなぐり捨て、しゃんと背筋を伸ばして言い放った。

「どこが向いてないんや。わては、あんさんが人形操るとこ、この目で間近に見てるんでっせ」

「ありゃあ、人形遣いの若い者《の》が一人、風邪《かぜ》で寝込んじまってどうにも今日の舞台は無理だからって、座頭んとこの親方に頼み込まれたんで、しょうことなしにやっただけで」

「そのしょうことなしの打《ぶ》っ付《つ》け本番で、どえらい演技《もの》を見せてくれたやないか」

「どえらいって、ただの一人遣いの端役《はやく》じゃねえですか」

この当時はすでに、重要な役柄を演じさせる人形については、現代と同じく三人で操る操作法が確立されていた。

「そのつめ（一人遣いで人形を用いること）の端役に客の目ぇみんな持ってかれたから、こうやってお前さんとこへ膝詰談判《ひざづめだんぱん》にきてるんやないか」

「えっ、そんなことがありやしたかい。そいつぁどうもすまねえことでして。俺は親方に教わったとおり、見よう見まねで動かしただけなんですけどねえ」

「怒っとるんやないがな。そないな腕があるんやから、わてのとこへ来て生かしてくれ言うとんねん」

「いやいや、もしそんなに所作が見事なもんだったとしたら、そりゃあ親方の教え方が上手いってことでしょう」

「親方の教えでみんながお前さんみたいに操れるんやったら、うちの一座の人形遣いは名人上手《めいじんじょうず》で溢れ返ってるはずでっせ。他でもない、お前さんやからでけたことや。

お前さんやったらいずれ——いやいや、もうすぐにでも、主遣《おもづか》い（三人遣いの人形で中心的な操作をする者）になれまっせ。そしたらお前さんと親方との掛合いで、うちの一座はどれだけ評判呼ぶことか」

夷太夫の脳裏《のうり》には、もうそうなった後の光景が浮かんでいるようだ。

対する健作は、相手の昂揚《こうよう》に少しも影響されることなく返した。

「弱っちまったな——座頭、いいですかい。俺は見世物の細工や大人形なんぞを、ちょいと動かすようなことしかやってきちゃおりませんので。芝居の筋に合わせて人形をずっと操り続けるようなご大層なことは、できやしねえんですよ」

「その話は、皆から聞いとるで。お前さん、ここでやる細工の見世物なんぞで、どんな物でも生きとるように動かす名人やそうやないか」

だから、急に人手が足りなくなって困った親方が、健作に目をつけたのだった。

持ち上げられた健作は苦笑する。

「そいつは、いくら何でも大袈裟で。ここいら辺りの芸人連中が、話を面白くしようとでっち上げた駄法螺《だぼら》でさぁ。話半分どころか、四半《しはん》（四分の一）にした上で眉《まゆ》に唾《つば》つけて聞いといておくんなさい」

「あんた、何を言うとんねん。わてはこの目で直《じか》に見たって言うてんのやで。お前さんの操る人形見て、わては義太夫《ぎだゆう》語る声が震えそうになったわ。それだけやない、昨日の演し物が終わった後に、親方もわてのとこへ目の色変えて来たんやで。『旦那《だん》さん。ありゃあ、えらい掘り出し物でっせ』っ言《ちゅ》うてな」

健作は、それまでずっと手にしていた細工物を置いて、地べたに膝をつき辞儀《じぎ》を正した。

「座頭、再三申し上げてるとおり、俺にそんなつもりはありません」

いったん言葉を句切った健作の目が、話の流れに立ち去りがたくなっていた一亮へちらりと向けられる。

「座頭がいらっしゃる前に話してたそこの一亮にも、俺が見世物細工を造ったりはしないのかって訊かれましたけど、俺には見世物小屋を満たせるほどの数の細工を造り上げるような根気はねえんですよ」

夷太夫の視線も、当人にとっては思いも掛けず引き合いに出された一亮のほうへ向けられる。その目は、己の願いを否定する材料に使われた子供へ「何をいつまでもそんなとこに居とんねん、ほんまに邪魔な」と非難しているように刺々《とげとげ》しかった。

健作は、気づいているのかいないのか、構わずに話し続ける。

「それは、人形や細工物を操るときだって一緒です。座頭は俺が細工物を生きてるように動かすっておっしゃいましたけど、もしそれがホントなら、そう見える理由の半分はこうやって、細工物のほうに手ぇ加えて工夫するところにあるわけでして。

そうやって動かしてみて、きちんと動いたら後は小屋の裏方連中に任せちまいます。俺にとって楽しいのはそこまでですから。そっから先は、生きてるように見えようがそうでなかろうが、動く仕組みが壊れでもしない限り、俺にはもうどうだっていいんですよ」

しっかりと夷太夫の目を見ながら、なおも続ける。

「そんなだから、芝居の筋に合わせて人形をずっと操り続けるようなご大層なことはできねえって、申し上げました——性分なんでしょうねえ、途中で飽きてきちまうんで。

ついでに言うと、どうも人と合わせるってえのも苦手でして。こたびは一人遣いの人形を、それも一回限りって約束でしたから何とかこなしましたけど、これが延々毎日、他人と息を合わせながらなんて、ちょいと考えただけで目眩がしてきちまいまさぁ」

健作の拒否になおも夷太夫が説得を続けようと口を開きかけたところへ、脇から声が掛かった。

「太夫さん、そこまでにしときなよ」

皆が、声のした方を向く。こちらを向いて立っていたのは、桔梗だった。

関わりのない者は邪魔だと言わんばかりに眉を寄せて無視し、健作へ言い掛かるのへ桔梗が被せた。

「その健作ってお人は、普段は無口なんですよ。そんな男があれだけはっきり断ってんのに――太夫さん。お前さんなら、性根《しようね》を据えて自分の考えを申し上げてるのに耳も貸さないお人んところへ、これからご新規でお世話になろうと思いますかね？　ここはいったん、引き下がったらどうですね」

それでも口を開きかけ――夷太夫はようやく思い直したようだった。

「ほなら、いったん引き揚《あ》げるけど、また来るで。よう考えといてや」

健作に告げると、ちらりと桔梗を見たものの会釈《えしやく》のひとつもせぬまま踵《きびす》を返した。一亮のほうへは、一瞥《いちべつ》もすることなく足早に去っていった。

「あんなんじゃあ、まともな人は寄ってこないよねえ」

桔梗が、夷太夫の後ろ姿を見ながら溜息混じりに独りごちる。

「ありがとよ。助かったぜ」

健作が礼を言った。

桔梗は何かもの言いたげに健作を見やったが、見られている当人はもう手に持ち直した細工物に関心を向けてしまっている。

いつものことだと諦めたのか、桔梗の顔が一亮へ向いた。

「一亮、朝飯だよ。どこへ行ったのかと思やあ、こんなとこで油売ってたとはね」

一亮は「すいません」と謝って、小屋の壁に立てかけていた竹箒を取りに向かい、自分の納屋《なや》へ引き返そうとした。が、途中で桔梗に呼ばれて足を止める。

「一亮、あんたが前に奉公してたとこは、確か権助《ごんすけ》(飯炊《めした》き)がいたんだったよね」

振り向いた一亮が、「はい」と頷く。他の奉公人とともに殺された亥太郎《いたろう》爺さんの柔和な顔を思い出し、わずかに目の色を暗くした。

なら無理か、と呟きながら考えごとをしている桔梗は気づかない。

「それが、どうかしましたか」

一亮に訊き返されて、桔梗は自分が相手に足止めを喰らわせたことに気づく。

「いや、たいしたことじゃないんだ。もしやお前が、台所仕事《おさんどん》もできやしないかと思っただけでね」

桔梗の返答を聞いて、戻りかけていた一亮はきちんと向き直った。

「飯炊きやごく簡単な菜《さい》（おかず）作りぐらいならできますが——奉公に出る前、家でやってましたので」

自分で言いながら、今度も亡くなった父親のことを思い出していた。

「ああ、ならちょうどいい。あんた、何かして体を動かしたいんなら、掃除なんかよりそっちを手伝ってくれないかい。このごろ何だか風邪っぴきが増えて、人手が足らなくなっちまってるようだからねえ」

浅草寺奥山や両国広小路などに建てられる物販用、飲食用、そして興行用の建物は全て仮設の小屋掛けで、人が住まないことを前提にお上から許可を得ている。そこで働く者らは、別にあるはずの自分の住まいから、全て「通《かよ》い」で仕事をしにくることになっているのだ。

しかし世の中、無精《ぶしょう》や横着《おうちゃく》もいれば始末屋（倹約家《けんやくか》）や吝嗇もいるということで、普段はあまり厳しく取り締まられないのをいいことに、ちゃっかり己の仕事場の中で住み暮らしているような者も少なくなかった。

そういう連中には独身者《ひとりもの》が多い上、住居使用しない前提の仮設の小屋掛けだから厨房《ちゆうぼう》設備が整った建物はそうそう造れないという事情もあり、共同の炊事場《すいじば》が設けられて希望者の三度の食事をまとめて請け負《うお》うようなことも行われている。

たとえ奥山で働く者の全員が「通い」だとしても、昼の食事はどうにか都合しなければならないわけだから、「奥山の中に客用でない共同炊事場が常設されている」という状況自体には、お上からうるさいことは言われなかった。桔梗が口にしたのは、そうした炊事場での働き手のことだろう。

判りました、と返事をした一亮の横から、健作が茶々を入れる。

「桔梗は、炊事や裁縫はからっきしだからなぁ」

桔梗は堪《こた》えた様子もなく、逆襲に転じる。

「うるさいねえ。飽きっぽくて何ごとも続かないって、手前で認めてるような半《はん》端者《ぱもん》に言われたかないや」

「こいつは参った。とんだとばっちりだ」

「あんな上方野郎《ぜいろく》も手前じゃ追い返せないよな口下手《くちべた》なお前さんが、あたしに茶々入れてくるなんて百年早いんだよ――一亮、そんなとこでいつまでも何ボサッと突っ立ってるんだい。さっさと飯を片しちまいな」

火の粉《ひこ》が自分のほうまで飛んできた一亮は、慌てて桔梗の指図に従おうとした。と、ふと思いついて問いを投げ掛ける。

「食べ終わった膳を炊事場へ持っていって、その場ですぐに手伝いを始めましょうか」

そうだねえ、と桔梗が段取りを考えていると、また別な者の声が上がった。

「それは、皆で戻ってからの話にしようか――ちょうどよい、皆ここにおったとはの」

そこには、自分らの小頭である若い僧侶が立っていた。

「天蓋さま……」

戻るとは何か、と思いながら、竹箒を手にしたままの一亮は呟いた。

三

天保四年（一八三三）に始まり、七年飢渇《しちねんけかち》とも呼ばれるほど長く続いた天保の大飢饉には、四年冬から五年夏、七年冬から八年夏、九年冬から十年夏と、三度の最悪期《ピーク》があった。四年、七年、九年は、場所によってはいっさい作物が実らぬというほどの大凶作の年だった。

当年の収穫が期待できない上に「いざ」というときのための食料備蓄も底をつき、野草山菜の類《たぐい》も採取が困難となる冬ごろから、本格的に飢えが蔓延《まんえん》するのだ。春になって再び山野の恵みが口にできるようになっても、それまでの飢餓《きが》で体力は衰《おとろ》えており、梅雨《つゆ》期を迎え気温湿度が急上昇するとともに衛生環境も悪化すると、流行病に抗することができずにまたバタバタと人が死んでいく。

このように飢饉による大量死は、ひとたび大凶作となったときには一年近く続くことがよくあった。

凶作と飢饉が発生する過程において、冷害による影響が大きいのは、やはり奥州《おうしゅう》（青森、岩手、宮城、福島）や羽州《うしゅう》（秋田、山形）といった北の地域である。

一方で、この七年の間、同じ地域が延々ひどく痛められ続けたというわけでもない。

天保四年から五年にかけての最悪期では盛岡《もりおか》藩から仙台《せんだい》藩へ逃れようとする流民《るみん》が大量に発生したが、逆に七年から八年にかけての最悪期には仙台藩のほうに死者が多く出た。天保四年の晩秋以降津軽《つがる》から秋田へ向かう流民が増えたが、年が明けると「まだ津軽のほうがマシ」だとして人の流れが逆になったともいう。

天蓋ら四人が奥州路へ踏み出したのは、人心を荒廃させる飢饉が酸鼻《さんび》を極めた、天保八年の春二月下旬のことだった。一行は、天蓋一人と残る三人の二手に分かれた。

天蓋はそのままの姿で、衆生救済を願い回国する諸国行脚《しょこくあんぎゃ》の僧として。健作と桔梗は、見習い兼下働きの小僧（一亮）を伴い、蝦夷《えぞ》（北海道）地に新たな活路を見い出さんとする若き江戸の旅芸人夫婦として。

千住宿《せんじゅしゅく》を通って江戸を出た四人は、奥州道中《どうちゅう》（奥州街道）を歩いて一路北へ向かった。二手に分かれていながら、つかず離れずの距離を保って旅を続ける。

そのまま仙台へと至り、湊《みなと》そばの廻船問屋《かいせんどんや》で江戸から届けられた荷を受け取った。

飢饉の地を旅する際には、「食事の提供も食材の販売もできない」として、旅籠《はたご》や木賃宿《きちんやど》に宿泊を断られることも稀《まれ》ではなかった。ために、天蓋らは乾飯《ほしいい》、干魚《ひざかな》など軽く嵩張《かさば》らず、日持ちのする物を中心に、自分らでできるだけ食糧を携えて旅をしている。素泊まりでよいとなれば、そうした宿でも泊めてくれることが多いからだ。

こうして旅を続けても江戸から持参した食糧がそろそろ心細くなるであろうところを算段し、事前に送ってもらう手筈《てはず》を整えた上で、こたびの旅路に就いていたのだった。首尾よく追加の食糧を補充した四人は、さらに己らの目的地へ向け旅を続けた。

脇街道からもはずれたその間道には、臨時の関所が設けられていた。全ては、隣国からやってくる食い詰め者たちを追い返すためである。

そのままいても座して死を待つばかりと、家も耕地も捨てて、命を永らえるためのわずかな食を求め、当てもなく彷徨《さまよ》い出るような行為を「地逃《じに》げ」と言った。臨時の関所の役割は、こうした地逃げ人たちを自分らの領内に入れないことにある。

人が余分に流入してくれば領内で消費される食糧が増え、もともといる藩士領民の飢えを募らせることにつながる。また、飢民《きみん》が増えれば空き巣、追剝《おいは》ぎ、押込強盗《おしこみごうとう》、火付けをしての火事場泥棒といった犯罪が激増し、風紀《ふうき》も乱れた。食い詰めてようやくここまで辿り着いた者らには気の毒ではあるが、自分らとて無い袖は振れないし、背に腹は替えられない。無慈悲《むじひ》とは思っても、けんもほろろに追い返すしかなかったのである。

「それがしのおらぬ間に、何人通した」

関所の責任者である番頭《ばんがしら》が、配下の平番士《ひらばんし》に問うた。さらにその下には、同心と中間《ちゅうげん》がいる。とはいえ間道のこと、全て合わせても十人に満たない小所帯《こじょたい》だ。

「領内に住まいすると確認できた者以外では、僧侶が一人に旅芸人夫婦とその弟子の子供の、合わせて四人のみでござりました」

「坊主と旅芸人？　そんな者どもをご領内へ入れたのか」

「は。番頭様がお城へご報告に向かわれてすぐのことでございましたので、あまり長々と待たせるわけにもいかず――」

通常はどんな役目も二人以上の任命がなされ交代で任に就くのだが、この関は臨時に設けられたこともあり、責任者たる番頭は、今のところ自分一人だけだった。所用で関所を離れるときなどは、平番士が代わりを務めることになる。

番頭は、最後まで言い訳を聞かず叱責する口調で問う。

「そなたも、通達のことを存じておらぬわけではあるまい」

関所では、「ご領内を通り抜けてその先へ行くだけ」という名目で入り込もうとしながら、実際には藩内に留まり何とか命をつなごうとするような者も少なからずいる。また、本当に通り抜けるだけのつもりで入国しても、体力がなくなったり路銀を使い果たしたりして先へ進めなくなれば、結果として不法滞在者と変わらぬ存在になる。

ために、身元の確認は厳密に行い、回国の僧侶や武者修行などと称する浪人、旅芸人、薬売りなどについては、たとえ檀那寺《だんなでら》が発行した通行手形のような物を所持していても入国を拒否するよう、藩庁より通達が出されていた。

「無論にござります。が、その者どもは別の書状も持っておりましたので」

「別の書状？　まさか、朱印状《しゅいんじょう》（将軍や大名が発行する公式文書）など所持しておったわけではあるまいに」

「朱印状ではござりませぬが――僧侶が持っておったのは、寛永寺《かんえいじ》よりの添え状にございまして」

「寛永寺？」

どこかで聞いたことがあるなと思いながら、番頭は繰り返した。

「東叡山《とうえいざん》寛永寺、将軍家菩提寺《ぼだいじ》にございまする。しかも貫主《かんじゅ》様直々のご署名入りにございました」

「将軍家菩提寺の添え状を持った坊主がこんなところを……」

事実ならば、小大名の朱印状保持者などよりずっと丁重《ていちょう》に扱わねばならぬ。

番頭は平番士をジロリと見返した。

「その添え状、本物であったのだろうな」

「じっくりと確かめましたが、怪しきところは見当たりませんでした。所持した僧侶も落ち着いたもので、妙な素振りはいっさいござりませなんだが」

番頭は、ムウと唸った。不審が残らぬでもないが、もし本物であるのに長々と拘留《こうりゅう》などしてしまうと、下手をすれば藩の重職が腹を切るような事態にまでなりかねない。この点についての平番士の判断は認めてよさそうだった。

気を取り直した番頭は、もう一つの疑義へ問いを移した。

「で、旅芸人のほうは。まさか、そちらも寛永寺の添え状を持っておったなどとは言うまいな」

「いえ、寛永寺ではありませんが、浅草寺の手形と添え状は所持しておりました」

先に寛永寺の名が出ていたためか、浅草寺のほうは番頭もすぐに思い当たった。知っていたのは主に奥山についての評判だったから、芸人と寺とのつながりにも不自然さは覚えない。

「浅草寺ということは、その芸人も江戸者か。しかしその程度の寺の添え状なれば、追い返せばよかったではないか。まさかに、浅草寺も将軍家の菩提寺だとか祈禱寺だとかいうわけではあるまいが」

「浅草寺は菩提寺ではありませぬが、祈禱寺かどうか拙者は存じませぬ。高名な古刹《こさつ》ですから、そうであってもおかしくないとは思いますが」

番頭は、またムウと唸った。言われれば、自分も確かなことは知らない。

が、平番士の話にはまだ続きがあった。

「ともかく、それがゆえに通したわけではありませぬ。どうやらその芸人の夫婦者、旅の途中で寛永寺の添え状を持った僧侶と親しくなったようで、身元はその僧侶が保証すると言い出しましたもので」

――なれば、やむを得ぬか。

面倒ごとは、自分としても藩としてもご免である。それに正直なところ、三人ほど余計な者を通してしまったとて、大勢に影響はない。番頭もようやく得心した。

「それがしが城へ向かってすぐのことと申したの」

「はい、およそ八《や》つ刻《どき》（午前十時ごろ）にござりました」

ならば、自分よりわずかに遅れて同じ道を歩いたことになろうが、通してしまった者のことを、今さら深く考えたところで意味はなかった。

番頭は、竹矢来《たけやらい》で仕切った向こう側、隣国領へ目をやった。見える限りでは、こちらへ向かってくる者はいない。

――関のことが噂になって、この道を通るのを諦めた者が多いのだろうか。

それなら、己らの仕事が楽になる。

街道が通れなければ間道を、間道も無理なれば獣道《けものみち》を通ってでも、食い詰め者は入ってくる。しかも、獣道を含め全ての道を塞《ふさ》ぐなど、とうていできはしない。

番頭にすれば、己の仕事が他より非難されることなくこなしていければ、それで十分だった。

一亮は、桔梗と並んで黙々と歩いていた。健作は、先頭に立って一人前を進んでいる。振り返ったならば、十数間（三〇メートル前後）離れて天蓋が歩いているはずだった。

路傍には、座り込み、あるいは横たわった多くの者らがいる。皆が着の身着のままであり、ずっと流浪《るろう》し野天《のてん》で寝泊まりを繰り返したため、身に纏う物も顔や体も汚れきっていた。

横たわった人の中には、通り過ぎていく一亮らを無言のままじっと目で追う者もいるが、宙天に目を向けたまま、もはや息をしているかどうかさえ判らぬ姿もあった。

女が一人、一亮のほうへ手を差し出してきた。おずおずとした態度で、口は利かない。四十に近いかと見えたが、長年に亘る苦役《くえき》とこたびの放浪がそう見せるだけで、本当はもっと若いのかもしれなかった。

「前だけ見て歩きな」

横から、桔梗の厳しい声がした。日笠に隠れた陰から、さらに言葉が続く。

「ただ一回のお恵みじゃ、命を救ったことにゃならないよ――もしお前が下手な同情から自分の食い物を分け与えてやっても、減った分をあたしらがどうにかしてくれるなんて思わないこった。あたしらには果たすべきお勤めがある。お前のくだらない同情心で失敗るようなことになったら、あたしは絶対に赦さないからね」

言われなくとも判っているはずのことだった。そして、桔梗が心を鬼にしてこちらを叱咤していることも、最初に出会ったときに殺されかけた一亮は十分承知していた。

一亮にとってわずかな救いは、周囲の流民のほとんどが、十四、五から四十ほどまでの者で、幼い子供や老人の姿があまり見られないことだった。己の家や田畑を捨てて当て処《あど》もなく歩き出せるのは、それだけの体力を残している者――それが、老人や幼子が少ない理由だ。

わずかに菅笠が傾いたことで、桔梗は一亮が頷いたのに気づいたはずだ。その後はもう、何も言わなかった。

一亮は、自分らの後から来る僧侶のことを思う。

――吾らはまだよいとして、仏の道を説くお立場の天蓋さまは、救済を求める者らの間をどのような想いで通り過ぎるのだろうか。

考えたところで答えは出ないし、当人へ気安く質せるような問いでないことも判っていた。

四

四人が臨時の関で検めを受けた藩では、藩内を通過して別の関所から出るときにはほとんど何も問われもせぬまま、すんなりと領外へ出ることが認められた。しかし、入ってこようとする者には、やはり厳しく身元の確認がなされているようだった。

隣国へ入ったその夜は、土地の庄屋のところに泊まった。とはいえ不意に訪ねていって頼み込んだわけではなく、事前に浅草寺のほうから依頼の手紙を出した上でのことである。

ところが、遠くからでもそれと判った大きな屋敷は無人で、しっかりと戸締まりがなされ森閑としていた。なす術もなく途方に暮れていたところ、土地の者に教えられて、新たな庄屋の住まいにようやく行き着くことができたのだった。

その家は、無人になった最初の屋敷と比べると、敷地の広さも家の大きさも格段に狭かった。敷地を取り囲む塀ばかりが、やたらと高い。

門口《かどぐち》で天蓋が訪《おとな》いを入れるとすぐに応対の者が現れ、四人は中へと迎え入れられた。

「家ぇ移《うづ》んのを知らせも出来《でぎ》ねで、本に申し訳なかったなス。何すろ、急に決まったことでがんしたからのし」

客が落ち着いたところへ現れた庄屋は、恐縮して頭を下げてきた。

「いやいや、このように大変なときにご厄介を掛けようと、無理に押しかけてきた拙僧らのほうが悪いのです。どうかお気になさらず」

そう応じた天蓋が、逆に問う。

「皆様がこちらへ移られたのは、やはり用心のためでございますか」

庄屋は、難しい顔で頷いた。

「余所がらも色んな人物《の》が入《へ》ってきてんのも有《あ》んだべげんと、ここらの者だって己《わが》が食わんねとなったら、やっぱり何やり出すか判んねがらのし」

「実際、そのようなことが？」

庄屋は、また頷いた。

「ちょっと家空けた所《とこ》さ盗みさ入《へぇ》るなんて可愛いもんでなし、家ん中さ人が居だってお構いなしだもの。馬は盗む、牛は盗む、蔵ば勝手に開げで米や麦は盗む、味噌は盗むで、どうにもなんねのスケ」

この村は庄屋をはじめとする集落の主立った者がしっかりしていて、早くから食糧の備蓄と共同管理を始めたため、飢饉の影響はずいぶんと少ないほうだと天蓋が教えてくれた。実際、行くべき先が見つからず困惑していた四人に声を掛け、助けてくれたのは村の衆だ。流民の姿自体も、この村に入ってからは見かけることが少なくなっていた。

まだそれだけ村内の秩序《ちつじょ》が保たれている場所でも、庄屋の話によれば、やはり陰では殺伐としたことが次々と起こっていることになる。

「それで、こちらに……」

天蓋は、庄屋の話を受けて、ようやく得心がいったという顔になった。

「空き部屋があっと、そごさ知らね内《うぢ》に泥棒が入ってだりする事《こど》だってあっから」

確かに、ほとんどの部屋が人で満たされていたほうが、何か騒ぎが起こったときの対応も迅速《じんそく》になる。転居は余分な隙間を埋めることを目的としたようだが、この家を取り巻く高い塀が真新しい造りに見えたように、入居にあたっては外からの侵入に備え、建物にだいぶ手を入れたようだった。

「坊《ぼん》さん方《がだ》は、この先もずっと旅してぐんだべがら、よっく気ぃ付けらい。この村がら奥は、ずっと酷い有り様だって言うがらなし」

「庄屋さま、ちょいとお訊きしてもよろしゅうござんすか」

ここで、桔梗が口を挟んだ。

「はい、何でがんしょ」

僧侶と旅芸人という取り合わせが珍しいからばかりではなさそうに、話をしながらちらちらと江戸の垢抜《あかぬ》けた若い女を盗み見ていた庄屋は、笑顔で応じる。

「ここより奥は、もっとずっと酷い有り様だとおっしゃいましたけど、それにしては人の流れがそっちのほうへ向かってるような気がするんですがね」

それは、一亮も気になっていたことだった。どう見ても流民としか思えぬ人々は、動けなくなったのか座り込んでいるような者も多かったが、動ける者は、明らかに山のほうへ向かって移動しているように思えたのだ。

山中なれば平野部より耕地は格段に少なく、また気候も寒冷であるから、里の実りが少ないときにはもっと厳しい状況になっているはずだった。それでも、食を求める者らが山へ、山へと動いていくのだ。

「噂だすけぇ」

庄屋は、冥《くら》い目になってぽつりと言った。

「噂？」

天蓋が問い返しても、まともな答えを返そうとはしない。

「まぁ、食う物も無くて山の獣が飢えてる所さ自分から入《へ》ってぐんだがら、ここいらで野垂《のた》れ死なれるよりは、おら達《だづ》は助かっけどな」

深く息を吐いた後で出てきた言葉は、これだけだった。

庄屋の家では、天蓋らが自分たちの分の食材を供出しようとするのを、無用と断った上で食事が供された。質素で品数も少ない膳《ね》だったが、今のこの土地の状況を考えれば、十分に馳走《ちそう》だったと言えよう。

夜は、四人に対し二部屋が与えられ、一亮は桔梗の隣で寝ることになった。

深夜、ふと一亮が目覚めると、隣の蒲団《ふとん》で桔梗が上半身を起こしているのが見えた。

規則的な寝息が聞こえなくなったためか、桔梗が自分のほうを向いたのが判った。

「起きたかい」

問うてきた桔梗の声は小さく、微かだった。

一亮は、枕から頭を持ち上げて外の気配を探る。物音も気配も感じなかったが、何かが起こっていそうな気がした。

「寝てな」

桔梗はそう囁くと、すらりと立ち上がった。この家で貸してもらった寝間着《ねまき》姿のまま、仕切りの襖のほうへ歩いていく。桔梗が到達する前に、襖は音もなく開かれた。

向こうの部屋から、健作が開けたようだった。

何の言葉も交わすことなく、桔梗は向こうの部屋へ消える。頭を持ち上げた一亮には、襖が滑るように閉められるのだけが見えた。

あとは、何の物音もせず、気配も感じなかった。

横になったままじっとしていると、四半刻（約三〇分）ほど経った後だろうか、不意に隣で生じた人の気配が、そのまま蒲団に潜り込むのを感じた。その前にあったはずの襖の開け閉めには、全く気がつかなかった。

「何だい、起きて待ってたのかい」

隣に横たわった桔梗の声は、息を弾ませてもいなければ、昂ぶってもいなかった。

「終わったのですか」

桔梗が囁き声ではなかったので、一亮も大きくならぬよう気をつけながらではあるが、普通に声を出して問うた。

「ただの泥棒だよ――もう寝な。明日もまだ旅は続くよ」

蒲団の中で、桔梗が向こうを向いたのが判った。そのまま、一亮もいつの間にか寝入っていた。

翌朝目覚めた後も、庄屋の家ではいっさい騒ぎは起こっていないようだった。入ってこようとした泥棒を桔梗たちが撃退したことに、誰も気づいた様子はない。

朝餉が供され、天蓋らの一行は庄屋に礼を述べて一夜の宿を後にした。

――どこへ行くのか。

旅へ出てからずっと、一亮は三人に従って何も考えずに歩くだけだったのが、今日に限って不意にそんな疑問が心に浮かんだ。

今日、皆の先頭に立った天蓋は、どうやら山のほうを目指すようだ。

――食う物も無くて山の獣が飢えてる所さ自分がら入ってぐんだがら。

この村に入り込んだ流民について、庄屋は昨日そんなことを言っていた。ならば疑問に思うまでもなく、自分らの向かう先は予測できていてよかったはずだ。

やがて道は登りになり、自分らの両側の景色も田畑や草地から、木々が生い茂る斜面へと変わってきた。その木々も、低木だけだったのが幹の太い樹木が混じり始める。

変化はそればかりではない。村の中ではあまり見かけなかった流民が、二、三人ほどの仲間とともに、山を登っていくのがいくつも目に入り始めた。

流民がいるのは自分らと同じ道の前後ばかりではない。他にも道があるのか、あるいはただの斜面を登っているのか、一亮たちの左右にも、繁みに隠れたり現れたりしながら、黙々と山を登っていく人々の姿が見られる。

「これだけの人となると、どうやら、俺らが泊まった村からだけじゃあねえようだね」

健作が、目だけで周囲を見渡しながら、天蓋に話し掛けた。

「ああ。しかしいったい、どこへ向かっておるのか……」

歩きながら考え込む様子の天蓋に、一亮と並んで後ろを登っていた桔梗が言う。

「そんなに気になるなら、訊いてみりゃいいじゃないか」

天蓋と前を行く健作が振り向いて「誰に」と問うてきた。

「そんなの、決まってるよ」

歩きながら周囲を見回し始めた桔梗は、「あそこがいいかね」と言うと、皆を道からはずれた小高い場所へと誘《いざな》った。

四人が出たのは、草原《くさはら》になっている見晴らしのよい丘だった。

「ちょいと休もうじゃないかい」

桔梗は平たいところへさっさと腰を下ろし、腰の竹筒を手に取ると、栓《せん》を抜いて水を含んだ。

「なんだ、桔梗。何か考えがあんのかと思ったら、ただ休みたかっただけかい」

拍子抜けした様子の健作に、桔梗は「まあ、焦りなさんなって」と余裕たっぷりに返した。

と、そこへ、新たな人影が顔を出した。人影は、自分の娘らしき若い女を連れた、四十手前の女だった。

女二人は、人気《ひとけ》のない場所で休もうとしたところ、先客がいたので驚いたようだった。しかも目の前にいる旅姿の四人が、自分ら流れ流れて辿り着いた者とは、明らかに様子が違うのを一瞬で見取り、怯《おび》えた顔になった。

「先にお邪魔してますよ」

桔梗が、屈託のない声を二人に掛けた。それでも佇んだままの二人へ、さらに呼び掛ける。

「さあさ、場所はまだいっぱい空いてますから、お前さん方もこっちへきてお休みなさいな――一亮、何してんだい。お二人をお招きしな」

桔梗に叱られて、ただ成り行きを見ているだけだった一亮はようやく動き出す。二人を見比べ、若い方の手を取って「どうぞ、遠慮なさらず」と引いた。

本当ならば、二人は天蓋らに背を向けて足早に去っていたところだろう。しかし、食い詰めてどうにかここまでは歩いてきたものの、坂道に最後の体力を奪われて、二人はもう動けなくなりかかっていた。

ために、一亮に手を引かれた若いほうの女は抵抗する力もなく従い、歳のいったほうも後を追うように開けた場所まで出てきた。

桔梗は、にこやかに二人に言い掛ける。

「こんなとこまで登ってきて、喉が渇《かわ》いたでしょう――一亮、二人にお水を」

桔梗は自分の竹筒を持ってるはずだが、汚れた唇で飲み口に触れられるのが嫌だったのかもしれない。ともかく一亮は、言われるままに自分の竹筒を――多少は気を回して栓を抜いた上で、二人に差し出した。

若いほうが、差し出された物を反射的に受け取る。一亮の飲む素振りを見て手許へ目を落とし、おずおずと竹筒を口元へ持っていった。

二口ほど口にすると、隣にドサリと尻を落とした、歳のいったほうへ竹筒を回す。歳のいった女は、竹筒を受け取ると天蓋ら四人を見回したが、連れがもう口にしてしまったためだろうか、何も言わずに己も口をつけた。

若いほうの女も地面に尻を落とす。もう精根《せいこん》尽き果てたという、力の抜けた座り方だった。

そのとき、鎖骨《さこつ》がはっきり浮き出た若い女の薄い胸元から、何か朱《あか》い小さな塊《かたまり》が転がり出した。首から紐《ひも》で提《さ》げた守り袋が、腰を落とした衝撃で飛び出したようだった。若い女は、半ば無意識の動作で守り袋を着物の中へ押し込んだが、丁寧な扱いからは大事にしている物のようだと知れた。

「お前さん方、お腹《なか》も減ってるんじゃないのかい」

桔梗は二人に話し掛けながら、地面に置いた自分の笈《おい》の中をゴソゴソやると、握《にぎ》り飯《めし》をひとつ取り出した。庄屋の家で持たせてくれた心尽くしだった。

二人の女の目が、握り飯に貼り付いたまま離せなくなる。二人の腹が、切ない音を鳴らした。

「悪いけど、あたしも食べなきゃならないから全部はあげられないよ。よかったらこれを、二人で分けな」

手の中の握り飯を、半分にして歳のいったほうへ差し出した。相手が手を出さないので、「受け取れ」とさらに突き出す。

「良《え》いのげ？」

歳のいったほうが、上目遣いに訊いてきた。若いほうは、じっと差し出された半分を見ている。

桔梗は、あっさりと返す。

「もちろんさ。あげる気もないのに目の前に出してみせるような、意地悪なことはしないよ」

歳のいった女はようやく受け取ったが、すぐにも口にしたいはずの物を手にしたまま、さらに桔梗に訊いた。

「あんだらが、涅槃《ねはん》の方々《かだがだ》だかい？」

その顔には、何かを追い求める哀求《あいきゅう》の色があった。歳のいった女の言葉を耳にした若い方も、はっとして桔梗の顔を見直す。

「涅槃の方々？」

桔梗としては、聞いたこともない言葉に困惑するばかりだ。

三人に静かに近づいてきた天蓋が、そっと言葉を掛けた。

「我らも、涅槃の方々のことを風の噂に聞いて、ここまでやって参りました――ですが、あまりにもわずかなことしか判りませんでしたし、人によって言うこともまちまちなので、どうすべきか迷ってここで立ち止まっておったのです。よろしければ、あなた方がご存じのことを、我らに教えてはくださりませぬか。

さあ、それはともかく、まずはお召し上がりください。ゆっくりと、ゆっくりとですぞ」

自分の手許へ目を戻した女は、それが本物かどうか確かめるようにまじまじと見つめ、ついで半分の握り飯をさらに二つに分けると一方を若いほうに手渡し、残りにむしゃぶりついた。

「それしか差し上げられなくて真にすまないことです——ああ、もっとゆっくり、ゆっくりとお食べなさい。お腹の中に何も入っていないところへ、そんなに急いで入れてしまうと却って体に毒ですから」

二人の女に天蓋は優しく諭《さと》したが、長いことまともな物を口にしていなかった二人は、内側からこみ上げてくる欲望に負けてガツガツと貪《むさぼ》り食った。四半に分割された握り飯は、すぐに胃《い》の腑《ふ》に納まってしまった。

歳のいったほうは、飯粒すらついていない手を未練たらしく舐めている。若いほうは、今あった至福の出来事が夢幻《ゆめまぼろし》ではなかったかと、恍惚《こうこつ》としているようだった。

「さあ、それではお話しいただけますかな。涅槃の方々のことを」

天蓋は、二人に優しく願った。

歳のいった女の目が、桔梗のほうへ向く。まだ握り飯はないかと見たのかもしれないが、桔梗はもう残りを笈に仕舞った後だった。

「いかがですか。お話しいただけませぬか」

天蓋の再度の要求に、歳のいった女はようやく重い口を開いた。あるいは、話をすればもっと食い物をもらえるのではと、期待してのことかもしれなかった。

五

桔梗、健作、一亮の三人は、再び山を登り始めていた。天蓋は、あの小高い丘に残ったのでやや三人からは遅れている。

握り飯を振る舞われた二人は、ぽつりぽつりと自分たちが聞いたことを話してくれた。もっぱら歳のいったほうが喋り、ときおり若いほうが付け加えるという話し方だった。

二人の話は、両方合わせてもほんの短いものだった。しかし、たどたどしい話し方のためにときは掛かる。それを、天蓋は根気強く聞き出した。

最後のほうは、二人の話し方がさらに緩慢《かんまん》になった。だいぶ眠そうな二人を、天蓋は「遠慮なさらず」と言って横になることを勧《すす》めた。

二人に気づかれぬように振り向いて、桔梗らに目顔で合図を送る。桔梗と健作は、地面に置いていた自分らの荷を取り上げ、一亮にも同じようにするよう身振りで伝えてきた。

そうして桔梗ら三人は、横たわった女二人と、二人に付き添う天蓋とを残して、そっとその場を離れたのだった。

一亮は、横になってしまった女二人のことが気掛かりだったのだが、桔梗が自分らの先頭に立ってズンズンと足早に進んでいくので、置いていかれないようにするだけで精一杯になった。

ほどなく、小走りになった天蓋が三人に追いついてきた。

「お二人は」

一亮は、横に並んできた天蓋に訊いた。天蓋は、穏やかに答えを返してくる。

「静かに眠っておった」

「一亮、もうあの二人のことを口にするのはやめな」

先頭から、桔梗が振り向きもせずに尖《とが》った声を掛けてきた。

なぜ叱られたか判らず唖然《あぜん》とする一亮に、健作が宥めるように話をしてきた。

「桔梗は別に、お前のことを怒ってるわけじゃねえ。なんで庄屋さんのとこで、握り飯なんかじゃなくって薄い粥《かゆ》を竹筒に詰めてもらってこなかったのかって、理屈に合わねえ考えで自分に腹を立ててんのさ」

「健作、余計なことを言うんじゃない」

向こう向きのままの桔梗からは、強い言葉が叩きつけられる。

天蓋が、穏やかな口調で桔梗の背に語りかけた。

「桔梗、あの二人には、もう死相が出ておった。粥が重湯《おもゆ》でも、もはやどうにもならなかったであろう——しかし、あのような体で、よくもあそこまで登ってきたものよ」

「死相……」

その言葉を聞いて、ようやく一亮にも事態が呑み込めてきた。天蓋が残ったのは、二人に引導《いんどう》を渡すためだったのだ。思わず、足が止まる。

「一亮、どうした」

同じように足を止めた天蓋が訊いてきた。

「なれば、せめてもう少し食べ物を差し上げたいのですが。戻って、吾の握り飯をあげてきてはいけませんか」

路傍に座り込む流民に哀れを覚えたとき、桔梗には「下手な同情で自分の食い扶持を渡すようなことは考えるな」と叱られた。でも、多少でも袖すり合った者がこれから死にゆくと判ったのに、何もせずにいることが居たたまれなかった。

天蓋は、優しく語り掛けてきた。

「一亮。桔梗が、庄屋様のところより二ついただいた握り飯を、なぜ一つだけ、それも半分にして二人に手渡したか判るか。飢餓に襲われ、ずっと腹に何も入れていない者が、急に普通の固い食べ物で胃の中を満たしてしまうと、体へ摂り込めずに悶《もだ》え苦しんで死んでしまうことがようあるからなのだ。

それが判っていながら、差し出せる物が握り飯しかなかったゆえ、桔梗は二人のことを考えてあれだけしか渡さなかったのじゃ。だから、二人にはあれで十分だった。二人は、安らかな寝息を立てておったぞ。もはや、この世で飢えや苦しみを感ずることはあるまい。もしそなたがこれから戻っても、今ごろはもう――」

天蓋は、己の来《こ》し方《かた》を振り返って話を途中でやめた。手を合わせて瞑目《めいもく》する。一亮も同じほうを見やり、ついでこれから登る道へ目を転じた。

健作は二人が立ち止まったのに気づいて途中で足を止めていたが、桔梗は判っているのかどうか、委細構わず一人で坂道を上り続けていた。

憤然、という言葉が似合うほど威勢よく歩く後ろ姿が、なぜか一亮にはむせび泣いているように見えた。

さらにしばらく登り続けるうちに、ようやく桔梗の気分も変わってきたようだった。しかし、残る三人はそれを単純に喜んでばかりもいられない。

周囲に異様な臭気が漂い始め、山中の気配も尋常《じんじょう》ならざるものが感じられるようになってきたからだ。

臭気――それは、深く吸い込めば嘔吐《おうと》を催《もよお》させる、初めて嗅ぐ気がして、しかしながらどこか記憶の底にあるような、腐敗臭だった。

「この臭いは……」

桔梗が、袂で鼻と口元を隠しながら宙を見上げた。天蓋が淡々と応ずる。

「あれだけの人が入り込んでおるのだ。行き倒れは、我らが話をした二人だけではとても済むまい」

そこから先を聞かなくとも、臭いの因が何かは全員理解していた。気づけば、これまでちらちらと見えていた流民が自分らと同じように登る姿を、ほとんど見掛けなくなっていた。

「なんか嫌《や》な気配だね。着てる物が汗でべっとりとへばりつくようだ」

頭上を見上げれば、木々の枝の間から見える空は青々としている。木漏《こも》れ陽《び》が射しているのも判るのに、なぜか視線を落とすと周囲は薄暗く感じられた。

パキリ。

一亮の草鞋《わらじ》が何かを踏んで砕いた、乾いた音がした。足下へ目をやると、白く細い物が折れている。

「これは……人の骨?」

「そんなに古い物じゃないだろう。一亮、怪我は」

桔梗が問うてきた。わずかながら声に緊張があるように聞こえるのは、腐敗した肉のような物が傷口に触れたのを放っておくと、そこからひどく膿《う》んでしまうことがあるからだった。

「大丈夫です。だいぶ脆《もろ》かったようですから」

一亮は言ってから気づく。新しい骨が、踏んだだけで脆く崩れるほどに、飢饉は人々の体を蝕《むしば》んでいるのだと。

気をつけな、という桔梗の警告に頷いて、一亮は皆とともにまた歩き出した。

さらに、どれだけ歩いただろうか。健作が、突然足を止めた。

ただならぬ様子で周囲を見回す健作へ、同じく足を止めた天蓋が「どうした」と声を掛けた。

「御坊、気づかぬか。ここは、先ほど通ったところぞ」

何、とさすがの天蓋も驚いた様子で周囲を見回す。定かではないが、確かにそうかもしれなかった。

「健作、よく気づいたね」

健作の考えに同意した桔梗の言葉へ、気がついた当人は首を振った。

「俺も、一亮があの骨を踏んでなきゃあ見逃してるところだ」

言われて一亮が足下の近くを見回すと、確かに折れて砕けた骨が落ちているのに、ようやく気づいた。

――あんなにはっきり見えるのに、なぜ見逃した。

四人の周囲を、そうさせるような何らかの気配が、取り囲んでいるのかもしれなかった。

「坊さん」

桔梗が、どうするのかと天蓋に問う。

見回していた天蓋が、緊張を感じさせる声で答えた。

「どうにも、抜け出る糸口が見つからぬ」

「御坊。そいつは俺らが、誰かの張った罠《わな》に捕まっちまったってことか」

健作の問いに、天蓋は首を振った。

「いや、人為《じんい》の気配は感じられぬ。おそらくは、この周囲で次々と倒れ伏した人々の想いや瘴気《しょうき》が積み重なり、混じり合って、自然《じねん》に出来上がったものであろう――ゆえに、なまなかなことでは解きほぐせぬ」

「てことは、簡単には出られねえってか」

このまま闇雲《やみくも》に歩いても、堂々巡《どうどうめぐ》りをして体力を消耗《しょうもう》するだけだ。

「これが、あの女たちが言ってた『涅槃の里』の正体か」

――あのお山の上さ、極楽《ごぐらぐ》が有んだそうだ。おら達《だづ》でも行げば、「よぐ参《めぇ》らした」ど入《い》れでけさって、食い物《もん》も着る物も何《なん》もかんも、何不自由無《ね》ぐ暮らせる所《どご》だど。

それが、見晴らしのよい丘の上で二人の女が天蓋に語ったことの要旨だった。

――お父《ど》さんが先《さぎ》ぬ行って、着いだら俺らを迎《む》えにくるはずだったんだい。

ところが、いつまで経っても迎えはこない。蓄《たくわ》えてあった食糧も底をつき、ついに二人は父親の後を追って、流民たちの間で囁かれる噂に従いこの山まで来たという。

ならば、母親や娘同様、父親もこの山のどこかで骸《むくろ》となって横たわっているのかもしれない。

ふと、桔梗が気づいたことを口にした。

「坊さん、もしかしてあたしら、こうなるのを判ってて江戸から出されたわけじゃあるまいね」

「何を言っておる」

「だってそうだろ。あたしらがここでいなくなれば、連中にとっちゃ面倒ごとはみんな片づいちまうんだからね」

この言葉に、天蓋は珍しく厳しい声で応じた。

「桔梗、落ち着け。そなたが疑念を覚え、それを膨らませていけば、我ら全員がこの場の瘴気にますます取り込まれることになるだけぞ」

天蓋は、厳しい顔つきのまま視線を一亮に向けた。

「一亮、どうじゃ。そなたならここを抜け出せるか」

問われた一亮は、天蓋から視線をはずして周囲をぐるりと見回した。俯いてしばらく考えた後に首を横に振る。

桔梗と健作は落胆で肩を落とした。が、一亮は顔を上げると天蓋に向かいはっきりと告げた。

「どうしたらここから抜け出せるかは、判りません――けれど、さらに奥へ向かう道ならあります」

じっと一亮を見据えた天蓋は、視線をはずさぬまま残る二人に言った。

「桔梗、健作。なれば、一亮に従い進もうか。他に道はないようじゃからの」

常に行動で自らの生き方を切り拓《ひら》いてきた二人にも、この場に残るという選択はなかった。

第五章　涅槃村《ねはんむら》

一

三人を従えた一亮は、まるで己の行く先が一本道であるかのように、脇目も振らずぐいぐいと進んだ。三人が「このような深い藪《やぶ》の中を」と驚くような場所へ向かっても、一亮が目の前にふさがる枝一本を押しのければ、そこには十分人の通れる道が隠れていたりした。

——さらに奥へ向かう道。

一亮がそう宣したとおり、一歩足を進めるごとに異臭は濃密になり、周囲を覆《おお》う得体《えたい》の知れぬ暗がりもさらに冥さを増す。四人が歩く道の両側には白い骨が積み重なり、どのような格好で死んだのか、木の枝からぶら下がっているような骨の集まりがいくつも見られた。

そうやって、どれだけ歩いただろうか。上り下りを繰り返した一亮の足がぴたりと止まると、皆の目の前にあるのは、やや盛り上がった土地の上に灌木《かんぼく》が密集している場所だった。

「一亮？」

とうとう道に迷ったかと、桔梗が声を掛けた。懸命に皆を救けようとした上でのことだから非難するつもりなどはさらさらないが、それでも落胆でやや声がうわずった。

しかし、一亮の表情には困惑も狼狽《ろうばい》も見られない。真っ直ぐ前を見て、皆に告げた。

「あの先が、出口です」

「出口？　お前さっき、『もっと奥へ行く』って言ってたろ」

「吾もはっきり判った上でここまで来たわけではありませんので断言はできませんが、たぶん、『底』のようなところなのだと思います」

健作が一歩前へ出る。

「ここで言い合ってたって始まらねえ。ともかく、行ってみようぜ」

「そうだの。鬼が出るか蛇《じゃ》が出るか、全ては御仏《みほとけ》のお心のままかの」

そう独りごちた天蓋が健作に続く。

「鬼が出るかって、坊さん。洒落《しゃれ》にも喩えにもなってないんだけどね」

文句を言いながら、桔梗も歩き出した。

三人の背が遠ざかろうとするのを見て、一亮も足を踏み出した。


盛り上がりの上に到達したのは、四人がほぼ同時だった。

健作が、目の前の灌木に手を掛ける。横に押し広げて隙間を空けると、予期していなかったことに眩しいほどの陽光が射してきた。

「こいつぁ……」

健作が、新たに開けた景色に絶句した。

ほとんど一列にしか植わっていない灌木の向こうはやや急な下り坂になっており、眼下には周囲を山々に囲まれた緑豊かな盆地があった。小さな盆地の中にはそこここに家が建っていて、集落ができている。

盆地は全体にたっぷりとした陽射しを浴びていて、遠くから見る限りは作物の生育も順調に見えた。

「ここが二人の言ってた涅槃の里ってとこかい」

意外なものを目にした桔梗が、いくらか茫然とした口調で言った。

「行ってみれば判ろう」

下りる道筋を目で探していた天蓋が、皆の先頭を切って歩き出した。

ちらりと一亮を見た健作は、桔梗へ視線を移して話し掛けた。

「一亮もはっきり見えてたわけじゃないようだけど、『底』ってのは言い得て妙だったな」

健作の言葉を耳にした桔梗の表情が引き締まる。

「ならその、『底』ってヤツの正体を、きっちり暴いてやろうじゃないか」

しっかりとした足取りで、天蓋の背を追った。

集落の手前まで下りると、どこから見ていたのか数人の里人が四人を待って立っていた。全員四十前後か。山中にしてはいずれも身なりは悪くなく、なによりもこの飢饉の時節にあって、全員が肌つやのよい、ふくよかな顔をしていた。

「よくいらっしゃった《よっぐござらっしゃった》」

これまで通った村はどこも余所者の侵入にピリピリしていたのに、ここの里人はみな穏やかな顔で四人の来訪者を迎えた。

天蓋が、四人を代表して応対する。

「道に迷ってしまいましてな」

「ああ、こごらの山は、深《ふ》けがらのし」

相手は、よく判っているとばかりに頷いた。

「一日二日、ここでご厄介になることはできましょうか」

ここにいる里人の代表らしき者が、鷹揚《おうよう》に応ずる。

「いぐらでも、好ぎなだげ居でけさい」

「ほう――それは真にありがたいお言葉にござります」

天蓋が低頭したのに倣《なら》い、後ろの三人も頭を下げた。

「そんなことはともかぐ、疲《こえ》れたでしょう？　家《い》さ案内すっから、付いでござらい」

代表者らしき男の案内を受けて、四人は里の中へと移動を始めた。残りの者らも、一行についてきた。

申し遅れたと言って天蓋が自分らを皆に紹介し、里の代表らしき男は村長《むらおさ》の一《いっ》徳《とく》だと名乗った。残りもそれぞれに、村の主立った連中らしい。

「ところで、この里はなんというところでしょうか」

歩きながら、天蓋は問い掛ける。一徳は、やや妙な顔をしながらも応ずる。

「ああ、ここは根張村《ねはりむら》っちゅう所《とご》だで。何だが、余所の人らは別《べづ》な呼び方《がだ》すっこども有るすけなや」

それが、涅槃の里や涅槃村ということかもしれない。

「根張村――しかし、この山中にあって、実に稔《みの》り豊かな土地にございますな。麓《ふもと》のほうでは凶作で飢饉も起きておるというのに、まるで別世界のように見えまする」

今度はよく問われることなのか、褒め言葉に対し一徳は満足げに答えた。

「ここらは、肥料《こえ》要らずっていう位《ぐれ》肥えだ土地《とづ》だがら。それに、温泉が出っからがや、麓《ふもど》よりも却って暖《あった》けんだい。あんだらも、湯さ入《へ》って疲《こえ》れたの取ったらいいがら」

「それはそれは、何から何までご親切に。真にありがたきお話にございます」

天蓋は、手を合わせて拝む格好をした。

四人が伴われたのは、村の中に建つ一軒家だった。見渡せば何軒か他の家も建っているのが見えるが、周囲は田畑で囲まれている。

「ここで荷ば下ろすて、ゆっくりしてけさい」

「我らのために一軒空けてくださいましたのか」

天蓋が、やや困惑顔で言った。

「本当《ほんと》だらお坊《ぼ》さんと芸人《げいぬん》の方々《かだがだ》は別だべげんと、そこまでは空げらんながったがら、我慢してけさいね」

一徳の詫びに、健作が大きく腕を振った。

「そんな、とんでもねえ。ここまでしていただけりゃあ、もうホントに十分以上のこって」

一徳は四人に笑顔を向けると、愛想のよい言葉を発した。

「あんだら、腹は空いてねえげ?」

「お気遣いありがとうございます。ですが、今朝《けさ》の宿で作ってもらった中食《ちゆうじき》をここへ来る前にいただいておりますので」

天蓋の返事に、一徳は残念そうな顔になる。

「そうかい《ほがい》。今時《いまどぎ》、そんな《ほだ》宿が有っかい——んだら、しばらぐ休んでいなされ《いらい》。夜《ばんげ》の飯《まま》は、皆であんだら歓迎の宴《うだげ》張っがら」

「本当に、皆様のご親切には何と感謝の言葉を述べればよいか——ですが、せっかくのご厚意は真にありがたいのですけれど、あいにくと連れの女と子供がずいぶんと疲れておるようでして。ご厚意は後の機会に受けさせていただくとして、今日のところはゆっくりと休ませてはいただけませぬか。勝手なことを申し上げて、何とも申し訳ないのではございますが」

天蓋の詫びの言葉を聞いて、一徳は鷹揚に承諾を口にした。

「そうかい《んだがい》、なら《だば》仕方がないな《すかたねなや》。ゆっくり休むどいい。宴は、明日の晩にすっぺ」

「快《こころよ》くお認めいただき、言葉もございませぬ。では、今宵《こよい》はゆっくりと休ませていただき、明日の晩を楽しみにさせてもらいましょう」

一徳をはじめとする面々は、四人に宛てがった家について、使い勝手や暮らしに必要な品々が置いてある場所などを丁寧に教えた後、ぞろぞろと引き揚げていった。

「やれやれ、だね」

「ほっとしたな」

桔梗と健作が、「ようやく落ち着いた」とばかりに言い合ったが、気を赦したと思える様子は口先ばかりで、厳しい顔つきのまま、音を立てぬように家の中を調べて回った。

戻ってきた二人に対し、天蓋が口元の前に右手を持ってきて、すぼめた五本の指を外へ向けて閉じたり広げたりして見せた。「喋っても大丈夫か？」と手振りで訊いているであろうことは、一亮にも判った。

天蓋へ、健作が無言で頷く。桔梗が口を開いた。

「ふう。これでようやく、気兼ねなく手足が伸ばせるね」

言葉どおりに、尻を落とすと足を行儀悪く前へ伸ばしている。

「それにしても、気味が悪いぐらいの親切さだな」

健作のほうは、立ったまま柱に背を凭《もた》せかけて言った。

「まあ、ここを目指してやってくる食い詰め者たちにすりゃあ、望んでたことがそのまんまホントになるんだから、誰も疑いやしないのかもね。天にも昇る気持ちで、涙流して喜ばれるんじゃないかね」

「そいつをそのまま、俺らにもやってみせたってかい」

「拙僧と話す中で、探りは入れてきたようじゃがの――」一亮が『底』だと言ったとおり、何かありそうじゃな」

これは、どっかりと胡座《あぐら》をかいた天蓋の言葉。

「で、坊さんと話しながらあたしらの様子を見りゃあ、食い詰め者なんぞじゃないことはすぐに判っただろうね。

だけど、それにしちゃあ、世話人のふりさせた見張り一人つけずに、あたしらだけで一軒家に放り込んだってのはどうしてだい。もし何か企《たくら》んでんなら、村長か誰かの大きな屋敷のひと部屋にでも押し込めて、あたしらが何やらかすか、あっちこっちからじっと見つめてるってのが当たり前じゃないのかい」

桔梗の問いに、天蓋はぐるりと家の中を見回した。

「牢獄《ろうごく》を普通の家に見せかけたような造りだとも思えぬしの――まあ、外へ出れば陰からいくつも目が光っておろうが。あるいは、我らをここへ入れたのは、自分らが密かにやっておることに気づかれたくないからかもしれぬ」

「何やってるっていうんだい」

天蓋は、面白そうに桔梗を見やる。

「まずはそれを探りに来たのであろうが」

当然のことを言われて、桔梗は黙り込む。

「ここの連中、いってえ何考えてんだか」

健作の呟きに、桔梗は一亮を覗き込んできた。

「あんたは、どう思うんだい」

急に話を振られて、きょとんとする。しかし、皆の目が自分に集まっているのを感じ、今までより真剣に状況を把握《はあく》しようと努めてみた。出た答えを、そのまま口にする。

「この家は、牢獄ではありません。でも、その一部です」

健作が「何だそりゃ」という顔になったが、天蓋はすぐに一亮の言葉の意味を理解した。

「なるほどな。この村自体が牢獄か」

「確かに、ここに来るまであんだけ苦労させられたことを考えりゃあ、簡単には逃げ出せそうにないね」

桔梗の同意を聞いて、健作もようやく得心した。桔梗の言葉には続きがある。

「なら、煮て食おうが焼いて食おうが、あたしたちはあいつらの為すがままってことかい」

「連中はそう考えておろうの」

「ただし連中、ホントは俺らが何者かってえことを知らねえから、のんびりしてられるってこった」

健作の結論に、桔梗がその先を問う。

「で、どうするんだい」

天蓋は、組んだ足の上に両手を置いて目を閉じた。

「今日はずいぶんと妙な出来事にも遭《お》うたゆえ、連中に申したとおりしばらく休ませてもらおうではないか。何をするにも、こう明るくては始まるまい」

天蓋は、そのまま座禅を組んだような瞑想《めいそう》に入ってしまった。顔を見合わせた桔梗と健作も、それぞれに休む場所を決めるため部屋から出ていった。

二

しばらくして、四人は連れだって外へ出た。散歩がてらの村内見物といった風《ふ》情《ぜい》である。

いったんは夜までそのまま待つつもりになったのだが、何もしないでいるのも退屈な上、「向こうを引っ搔き回してみるのも一手だ」と桔梗が言い出したこともあり、それではと皆で繰り出すことにしたのだった。

「見られておるか」

天蓋が、遠くの山を眺めているふうを装いながら、唇をあまり動かさずに小声で訊いた。健作が、同じように返す。

「ちらほら、目があるな。みんな、田圃や畑にいたり用水の具合を見たりしてるって格好だけどな」

「では、行こう」

今度は、皆に顔を向けた天蓋がはっきりと宣する。四人は連れだって、ぞろぞろと歩き出した。

畑を耕《たがや》したり田に牛を入れて代掻《しろか》きしたりしている村の百姓衆は、見慣れぬ新参者に好奇の目を向けてきた。しかし、田舎《いなか》に行くとよく出くわすような、あからさまな警戒の目を向けてくる類の排他的な振る舞いはない。

目が合った健作が会釈をすると、笑顔を向けてきた。天蓋が手を合わせれば、深々とお辞儀を返してくる。皆、大らかでのんびりとした人々に見えた。

「こうやってると、ホントに極楽みたいなとこに見えるねえ」

桔梗の言葉に、健作は笑顔を取り繕ったまま返す。

「ああ、だからこそあり得ねえ。こんな、夢みてえな村はな」

ぞろぞろと歩いていくと、田畑で働いている百姓衆とは違った者らも目に入ってきた。道端にいくつも建てられた道祖神《どうそじん》の脇に座り込んだりして、ただぼんややりとしている。一亮らが旅の途中で数えきれぬほど見掛けた流民たちと違うのは、血色がよく、頰や腹回りにも肉がついていることだった——つまり、空腹で動けなくなっているわけではなさそうだ。

こうした人々は四人が通りかかっても関心の目を向けてくることはなく、会釈をし、声を掛けても反応を示してはこなかった。

四人も、あえてこだわることをせずにそのまま行き過ぎる。自分らが、監視されていると意識しての行動だ。

が、一亮だけはどうしても目を離すことができず、通り過ぎても振り返るようにして、ぼんやり座り込む人々を見続けてしまう。

「そんなに気になるかい」

天気の話でもしているような顔をして、桔梗が訊いてきた。

「はい。何とはなしですけど」

「そなたが感じておるのは、奉公先の商家の主夫婦や、百花園のあの子供らと、同じ気配か」

今度は、先頭を行く天蓋が振り向かずに問うてくる。

一亮はしばらくじっと考えた後、ようやく答えた。

「判りません。けど、村の百姓衆や、あの一徳さんという村長なんかにはほとんど感じないものが、この人たちからは伝わってきます」

天蓋は、さらなる問いを発しようとはせずに、足を進めた。

ほどなく四人は、自分らが入ってきたのとは反対側、村の一番奥のほうまで到達した。視線の先には古びた木の鳥居があり、さらに向こうに多くの木々が植わった場所がある。

「鎮守《ちんじゅ》の森だね」

いったん立ち止まった四人の中で、桔梗が木々の生い茂るほうを見ながら言った。

「行ってみるか」

天蓋の意向に、何か気づいた健作が応じた。

「どうやら、俺らを待ってたようだぜ」

どこから現れたのか、鳥居の前にはいくつかの人影が見えてきた。村長の一徳とその取り巻き連中らしい。

「せっかく出てきてくれたのだ。挨拶していこうかの」

天蓋が、先陣を切って歩き出した。

「娘さんど子供《わらすこ》さんは疲れて《こえくて》いだんでねのがい」

一徳は、近づいてくる天蓋らに相変わらずの笑顔で問うた。だが、心なしかその笑みが強張《こわば》って見える。

天蓋は、何も含むところがなさそうな表情で応じた。

「ええ。そうなのではございますがな、ずっと横になっておったのでは夜眠れなくなりますゆえ、こうやって無理に引っ張って参りました」

「そうですか《ほがい》。んだら無理すねで、そろそろ帰《け》ったら良《い》いんでねのがい」

「そうですな。無理をさせて寝込まれては、却ってことですからな——ところで、ここは村の鎮守様にございましょうか」

「そうだけど《ほだげど》」

「それでは、この者らを送った後で、拙僧はお参りさせてもらいましょうかな」

一徳は天蓋をじっと見ると、今までとは違った口調で話を始めた。

「お坊《ぼ》さん、この辺《あだ》りは田舎《ぜいご》だで、余所どは違った仕来《しぎだ》りみたい《みで》なもんが有んのさ。村の鎮守は、村の衆のもんだ。みだりに、余所の者が入《へ》ってきたり拝んだりする所《どご》でね。折角《せつがく》だげんと、村の者になってね人には、遠慮してもらえねすか」

相手の言葉を聞いた天蓋は、大仰《おおぎょう》に驚き、恐縮して見せた。

「これはこれは、知らなんだとはいえ、たいへん厚かましいことを申し上げましたな。僧侶として村をお守りになっている神仏にご挨拶を申し上げようと思っただけで、悪気はなかったのです。どうか、お赦しを願えませぬでしょうか」

天蓋の謝罪と翻意《ほんい》に、一徳はすぐに表情を緩めた。

「いいです《えがす》、いいです《えがす》。別に《べづぬ》俺は怒ってない《ごっしゃいでね》がら。判《わが》ってもらったら、そんで良《え》いのっしゃ」

天蓋は何度も詫びを繰り返し、連れを伴って鳥居に背を向けた。

一徳らは、その場に留まりじっと天蓋たちが与えられた家へ戻っていくのを見ているようだ。十分離れたところで、健作が口火を切った。

「これで、どこを探ればいいかの目星はついたってことかね」

「まあ、少なくともそのうちの一つであろうな」

天蓋が応ずる。桔梗は、己の脇を歩く少年の異変に気づいて声を掛けた。

「一亮、どうしたね」

一亮は着物の襟元《えりもと》を合わせ、風邪をひいたかのように震えていた。

「ずっと我慢してましたが、あの森の先に、何かいます」

天蓋が、落ち着いた声で問う。

「何かとは、今度こそ、そなたがこれまで感じたモノらと同じ類の気配か」

「判りませんけど、何か、もっとずっと強い……」

「強い……」

健作は、一亮の言葉を繰り返して唇を引き結んだ。桔梗の顔も厳しくなっている。

「これで、探るべき最も大事な場所が定まったようじゃな」

天蓋が、結論を下した。

夕刻、一徳をはじめとする村の連中が、天蓋らに供した家をまた訪ねてきた。

「あんだらの言うとおり宴は明日にすっけど、今日の晩《ばんげ》の飯《まま》持ってきたがら。遠慮しない《すね》で食ってけさい――ああ、俺らはこのまま退散すっがら、お身内《みうづ》だけで、どうぞお気兼ねなぐ」

膳の他に鍋《なべ》やら大皿やら、四人では食べきれぬほどの食事が運び込まれた。

「これは？」

天蓋は、物珍しげに料理の数々を覗き込んだ。

「はい。山の中《なが》だもんで、田舎《ぜいご》の料理すか出来《でぎ》ねんでがすわ。江戸の方々《かだがだ》の口《くづ》には合わないでしょうけど《わねべげんとも》、我慢すてやってけなんしょ」

「いえいえ、とんでもない。これほどの歓待《かんたい》をしていただいて、何とお礼を申せばよいやら。我ら一同、言葉を失う思いにございます」

改めて礼を述べる天蓋を帰りしなに振り返り、一徳は言った。

「そう《ほ》したら、食い終わった膳やら何やらは、戸の外《そど》さ置いでもらったらいいがら――洗ったりはしなくていいがらね。残飯《のごりもん》も器《うづわ》洗った汚れ水も、畑《はだげ》の肥やしだの何《なん》だのにすんだから、余計なごとはしないでください《すねでけさい》ね」

「お心遣いには、くれぐれも感謝します。それでは、お言葉に甘えさせていただくことにしますので」

天蓋が承知したと言っても一徳は同じ言葉をくどいほど繰り返し、ようやく仲間とともに帰っていった。

この家に初めて入ったとき同様、もう一度家の中をぐるりと調べて回り、警戒すべきことがないのを確認した桔梗と健作は、膳が据えられた囲炉裏端《いろりばた》に戻ってきた。囲炉裏の自在鉤《じざいかぎ》には鍋が掛けられ、湯気が立つ鍋からはいい匂いが漂っている。

健作が、鼻をヒクつかせた。

「こいつぁ美味《うま》そうだねえ。田舎料理だとか言ってたけど、なかなか大したもんじゃねえか」

桔梗も近づいてくる。

「なら、火に掛けすぎて鍋の汁がなくなっちまう前に、飯にしようかね——一亮、よそってやろうか」

目を向けると、一亮は、いつの間にか部屋の隅のほうへ遠ざかっていた。

「いえ、吾は……」

何やら、要領を得ない返事をしてきた。

「どうしたね。猪鍋《ししなべ》か鹿鍋《しかなべ》みたいだけど、お前だってこの旅で、何度か口にしてるはずじゃないか」

凶作になれば実りは激減する。それは山の中も同じことで、山の獣が食い物を求めて里まで下りてくることが増えた。山の獣が下りてくれば、同じく食糧に困っている里の者が、黙って見逃すはずはない。

こうして、天蓋ら一行が旅する飢饉の奥州路では、食事を出してくれる宿に泊まったときに四つ足の肉が供されることが、普段よりも多かったのだ。

「具合でも悪いのかい」

桔梗の問いに、一亮はただ首を振る。

「まだ腹が減ってねえって？」

健作も問い掛けてきたのへ、ようやくまともな返事がなされた。

「自分で運んできた乾飯や干魚などを、食べてはだめでしょうか」

「乾飯や干魚って……」

せっかくご馳走が目の前にあるのに何を言っているのだと、健作は困惑した。

「一亮」

やり取りを見ていた天蓋が、真剣な声で呼び掛けてきた。

ちなみに、天蓋は僧侶として普段生臭物《なまぐさもの》は口にしないが、飢饉中に諸国を回国する僧ともなれば話は少々違ってくる。何であれ、口にできるときに食べなければ、人々を救うどころか己が行き倒れてしまうからだ。

天蓋も、回国の僧を装っている今は、精進潔斎《しょうじんけっさい》など気にせず出される物は全てありがたくいただいていた。

叱られるかと思った一亮が、ビクリとして天蓋を見る。しかし、天蓋は別なことを問うてきた。

「そなた、奉公先でのあの晩も、出された煮魚に手をつけなかったそうじゃな」

身延屋で主夫婦が奉公人の皆殺しを図り、一亮を除く全員が殺害された夜のことだ。一亮以外の皆は、月に一、二度しか出されない奉公人にとってはご馳走の魚を食べ、寝床で人事不省《じんじふせい》に陥《おちい》ったように熟睡しているところを滅多刺《めったざ》しにされた。

一亮だけは、なぜか出された魚に箸《はし》が伸びずに、異変に気づき隠れることができたのだった。

天蓋は答えを待たずに問う。

「あのときと同じものを、そこの食い物に感じておるのか」

桔梗と健作は、ハッとして一亮の顔を見直す。

問われた当人は、床板に目を据えてじっと考えているようだった。

「同じかどうかは、判りません……けど、とても食べられないような嫌な気分になっているのは確かです」

天蓋は、桔梗に目を向ける。

「桔梗、その鍋を火からどけて、土間の隅にでも持っていってやれ」

桔梗が指図されたとおりに動くのを見て、天蓋は再び一亮に言った。

「一亮、これで囲炉裏端に近づけるようになったろう。皆の膳を見て、食えそうな物とそうでない物を、教えてくれぬか。まだ気分が悪いやもしれぬが、我慢してやってくれ」

願われた一亮は、ゆっくりと壁に凭れていた背を離すと、四《よ》つん這《ば》いのようにして囲炉裏端に近づいた。

誰も「行儀が悪い」などと叱ったりせず、一亮の一挙手一投足を見守っている。

一亮は膳の上に首を突き出し、並べられた料理や飯をひとつ一つ丁寧に見ていった。ついで、大皿に並べられた料理についても同じようにする。

終わると上体を元に戻し、さらに手を使い膝を滑らすようにして後ろへ下がってから、天蓋を見て首を横に振った。

「食える物はひとつもなしか」

天蓋が、一亮の所作を見て呟く。

「それだけの品全部に一服《いっぷく》盛られてるなんてねえ」

土間から見ていた桔梗も、さすがに残念そうだ。

「畜生、こんだけ目の前に並べられ、匂いも嗅がされて、丸々お預けたぁ殺生だ」

健作が、いかにも悔しげに言った。

「そんなに惜しいんだったら、気にせず食っちまったらどうだね。食い意地張った健作さんよ」

「そういうお前だって、口の端から涎が垂れてるぜ」

二人がじゃれ合うように悪口のやり取りをしているのも、落胆を紛《まぎ》らわせたいからだろう。品数でいえば生まれて初めてみるようなご馳走が、食糧の乏しい中でずっと旅してきた後に出てきたのだから、そんな気持ちになるのが当然だ。

天蓋が口を挟む。

「冗談はそこまでだ――さて、食えぬなれば食えぬで仕方がないが、まさか全く手をつけぬまま膳を戻すわけにはいかぬだろう」

これには、健作が返した。

「土間の隅でも掘って埋めるかね。そこの姐さんとお子様はお疲れだってことになってるから、半分以上残して返しても怪しまれることはねえだろうさ」

まだ突っかかってくる健作を無視して桔梗が言った。

「しかし、そうするとあたしらの食糧は、自分たちで持ってきた分だけってことになるね」

桔梗の意見に、天蓋も同意する。

「じっくり腰を据えて、というわけにはいかなくなったの」

念のためということで、天蓋は健作に外の井戸から水を汲《く》んでこさせ、台所に置かれた水瓶《みずがめ》の水とともに一亮に検めさせた。

「お膳や鍋の料理のようなことはありませんが、それでもやっぱり何だか嫌な気がします」

一亮にそう言われて、天蓋らは自分たちが今日明日中の短期決戦を迫られていることを思い知った。

三

ある程度食ったように見せた分の夕飯の始末は、健作の提案を採用することにして、土間の片隅に穴を掘って埋めた。掘るのも埋めるのも健作に任せたが、そうそう長いこと滞在はできないと判っていたから、お座なりで済ませたようだ。食器も使ったと思わせるように汚して、言われたとおり洗わずに戸口の外へ出しておいた。ずいぶんと経ってから誰かが片付けにきたのは、家の外の気配で判った。

そのときには、家の中の四人はひっそりと寝静まったように装っていた。

桔梗と健作が動き出したのは、さらに息を潜めながら待ち、夜半を過ぎてからのことになる。村を訪れた当日であるから、特に強く警戒されていても当然だったのだが、夕餉の膳で判明したように猶予《ゆうよ》はなかったため、相手が油断するまで数日じっくり待つような手立ては採れなかった。

桔梗と健作は建物の陰からそれぞれ別々に忍び出たが、辺りはシンと寝静まっており、己らを凝視《ぎようし》する者の気配は感じられなかった。建物から飛び出した二つの影は、ほとんど人の目に触れるような動きを感じさせることなく、それぞれ別の方向へと走り去った。

本来ならば、互いに支援し合えるような位置取りをしての行動が望ましいことは二人とも十分承知している。これも、ときをあまり掛けられないがためのやむを得ないやり方なのだ。

なお天蓋は、独りでは無力な一亮を護《まも》るために家に残ることになっていた。

桔梗と健作は、それぞれに村の家々を回り、どこか動きのあるところがないか探っていく。寝床に就かぬまま夜更《よふ》けまで起きているようなところがあれば、何をやっているかを確かめるのだ。最後に落ち合う場所は決めてあった。

健作は、自分らが与えられた家よりも西側を分担することになっていた。次から次へ、密かに忍び寄っていき、そっと中の気配を覗うが、寝ごとや鼾《いびき》が聞こえる以外に動きが感じられるところはない。

そうやって一軒一軒虱《しらみ》潰《つぶ》しに当たっていくと、やがて他よりも大きな家の前に出た。

――あるいは、一徳って村長のとこか。

そう思いながら、敷地に踏み入っていった。

母屋《おもや》へ向かいかけた健作の足が、途中でふと止まる。納屋のほうに、わずかに人が話をしているような気配を感じたからだった。

周囲に監視の目がないか気にしながら、音を立てぬ早足で納屋に近づいた。すると、内側から厚手の布で隠された隙間より、わずかに明かりが漏れているのが見えてきた。常人ではとうてい気づかぬほどの、ほんの微かな明暗の差が生じていたのだ。

健作は閉ざされた窓の下に立ち、じっと目を閉じて耳を澄ませた。確かに誰かが話をしているようだが、会話の中身までは聞き取れない。

――俺が耳目衆だったら、筒抜けで聞こえてるだろうによ。

思ったところで、修行の中身が違うのだから仕方がない。どこか、気づかれぬように中を覗き込めるか、あるいは入り込めるところを捜して納屋の建物を見回した。

──しゃあねえ、堂々と正面から入ってやろうかい。

覚悟を決めると、そっと納屋の入口のほうへ移動していった。

健作は、しばらくの間じっと入口の前に蹲って中の気配に耳を澄ませた。

──中の連中は、話をするのと自分の手許に気を取られてて、周囲に注意を向けてはいねえ。それに、入口の近くにも人の気配はないみてえだ。

そう見極めをつけると、今度は入口の引き戸に手を当てた。

戸の下面、地面と接する部分に手を当てて様子を探る。ついで辺りに目をやり周囲に人の気配がないことを再度確かめた上で、立ち上がり爪先立《つまさきだ》ちになって、今度は上面の部分を同じように手探りした。

元の姿勢に直り、引き戸に手を当ててゆっくりと引いていく。戸の上下に手を当てたときに何か細工したのか、引き戸は音もなく滑るように動いていった。

人一人がようやく通れるかどうかというほどの隙間が空いたところで、健作は中に入り込む。背中を人目に曝した格好になっているのも構わず、同じようにして引き戸を閉じてから、ようやく陰のあるほうへと身を移していった。

この間、健作の動きはむしろゆったりしている。急に動き出したり止まったりすることなく、水が流れるような滑らかな所作に終始した。健作は、人が視野の隅に捉えても、容易に認識できないような動き方を会得《えとく》しているのかもしれない。

「足一本《あすいっしゅ》で一朱（一両の十六分の一）だど！　ほしたらここで幾《いぐ》らぐれ有っこどになっぺなや」

「こんなとこで《こだどご》半端仕事してないで《やくてねごどすてねで》、売ってくっがや。んだば俺も大金持づだべさ」

納屋の中に入ったことで、声もはっきりと聞こえるようになった。しかし抑揚《よくよう》からして耳に馴染みがないため、一語一語の句切りも判然としない。土地の者同士のやり取りは訛《なま》りが強すぎて、健作にはほとんど意味が汲み取れなかった。

――一徳って村長は、あれでも俺らと話すときゃあ気を遣ってたのかね。ここまで訛ってると、天蓋の御坊でも聞き取れっかどうか……。

中には四、五人ほどがいて、中央に横たえられた大きな板を前に何かやっているようだ。健作は会話から秘密を探るのは諦め、作業に着目することにした。

――何を切ってる？　やはり肉だな。

それらしき濃密な匂いは納屋に滑り込むときから感じていたし、中にいる者らの姿に妙に赤黒いところがあるのも血だとは判っていたから驚きはなかった。

男たちは、大きな肉の塊を切り分けているところのようだ。するると皮を剝いだ後の、鹿か熊か……。
——猪《いのしし》にしては大きいし、皮もついていなさそうだ。

そんなことを思って見ていると、切り分けるのに場所を移すためか、元の形状がはっきり判る部位を男の一人が持ち上げた。全体で二尺（約六〇センチ）ほどはありそうな、緩く「くの字」に屈曲《くっきょく》するすらりと伸びた白い部位は、踝《くるぶし》から先だけが急角度で曲がっている。
——ありゃあ、人の足！　するってえと……。

こんな作業をしているからには、とても埋葬《まいそう》するためとは思えない。自分らのところに運ばれてきた豪勢な料理について、一亮が忌避《きひ》を示した理由がようやく得心できた。
——なるほどな。この村が食い物に困らねえってのは、そういうことかい。なにしろ食い物のほうからわざわざここを目指し、ぞろぞろと列をなしてやってくるってんだからな。

すると、「肥料要らず」と一徳が自慢した田畑の土壌《どじょう》も、同じ理由で肥沃《ひよく》さが保たれているものと考えられる。なにしろ、「残飯も器を洗った汚れ水も、畑の肥やしにする」のだそうだから。

――ここで、見るモンは見たな。

そう判断した健作は、納屋から出るためそっと後ずさりし始めた。

出来上がった肉の山からしても、仕事はもうすぐ終わりそうだった。連中の作業が一段落して周囲を見る余裕を得てからでは、退散するのが困難になる。

「次は連蔵《れんぞう》だど。あいづも、ようやぐここまで辿り着いだっつうのに、まず運《まんず》のねえこったごだ」

「そんなこと言ったって成れねば仕方《しや》がないべ《ね》」

納屋から出る健作の背中から、そんなやり取りが聞こえてきた。意味もよく取れぬ会話にどこか引っかかりを覚えながら、健作は納屋を後にした。

健作と場所を分担して村の東側の探索を受け持った桔梗は、成果のないまま半分以上の家を回り終えた。

――こりゃあ、はずれ籤《くじ》かね。

そう思いながら、生け垣や立木の陰を伝いゆく。人家が途絶え、周囲を雑木《ぞうき》林《ばやし》に囲まれたところで足取りが弛《ゆる》み、歩きになった。

――健作のほうは、何か摑んだろうか……。

そんなことを考えながら先へ進んでいると、不意にギクリと足を止めさせる存在に気づいた。

――人！　こんなところに……。

いまさら気づかぬふりをして素通りするわけにもいかない。桔梗は咄嗟に、小さな悲鳴を上げて跳びすさってみせた。

が、相手は反応しない。雑木林の前の道端に、座り込んだままだ。

――村に入ってからよく見掛けた道祖神のひとつ？　それともただの岩？

いや、違う。目を凝《こ》らしてみれば、やはり人だ。一瞬死んでいるのかとも思ったが、夜の闇の中で目を開け、微かに体を揺らしていた。

「威《おど》かさないでくださいまし。こんなところで、いったい何をなさっておいでです」

桔梗は、いまだ動悸《どうき》が収まらぬという声音を作って呼び掛けた。

相手が自分らに対する監視者だったなら、このような子供だましは利かない。

いざというときに備えて、油断はしていなかった。

しかし、相手は何の反応も示さない。このようだから、桔梗であってもすぐそばに近づくまで、気配を察知できなかったのだろう。

「もし、そこのお方……」

やはり応えは返らなかった。まるで桔梗などいないかのように、最前から同じ姿勢を保ったままだ。

桔梗は、用心しながら男に近づいていった。

それでも視線すら上げようとしない男の前に、桔梗は屈み込む。

「もし、お前さん。ねえ、あたしが判りませんかい」

肩に手を当てて揺すってみたが、やはり反応はなかった。

こんな男は、昼にも見ていた。道端に座り込んだままぼんやりとしている者が、何人もいた。

しかし、夜半に忍び出てからは一人も見掛けなかったため、さすがに夜は家へ帰るのだろうと思っていたのだ。

——それが、この人だけ、外に出たまま？

桔梗は立ち上がると、一応の用心のため男から少し離れた上で周囲を見回してみた。

やはり、同じようにこんな刻限まで外にいる者は見当たらない。さらには、この男を探して家から出てきたような者もいなかった。

——こんなことしちゃいられない。

気にならぬわけではなかったが、今の自分たちにはときがない。この男に何があったのか、じっくりと解明しているような暇はなかった。

男から視線を切って先を向こうとしたとき、桔梗の視野の隅に何かが映り込んだ。

桔梗は改めて男に向き直り、腰を折って上から覗き込む。

元からなのか、あるいは先ほど桔梗に肩を揺すられたときにそうなったのか、男の着物は胸元がだらしなくはだけていた。その中に、やはり何かが見える。

「失礼しますよ。なに、ちょいと見せてもらうだけですから」

桔梗は、相手をあやすようにこれからやろうとすることを口にすると、男へ向かって手を伸ばした。

四

それぞれに単独の探索を終えて二人が落ち合うこととしていたのは、村の奥にある鎮守の森だった。そこにあるはずのお社《やしろ》に、一亮言うところの「これまで出逢ったモノらから感じたより、ずっと強い気配を放つ何か」がいるのだ。

桔梗と健作とて、単独で向かうのは危険だという判断を下していた。

チリン、チリン。

健作が陰を伝いながら鎮守の森へと向かっていくと、耳の奥で微かに涼やかな鈴の音《ね》がした。

——独鈷鈴《どっこれい》か。

独鈷鈴は、独鈷杵の形をした鈴であり、本来は独鈷杵同様の仏具である。天蓋が所持する独鈷鈴は、同じく護身用の得物として携帯する独鈷杵よりもずっと小型で、掌《てのひら》の中にすっぽりと納まるほどの大きさだった。

天蓋の所持する独鈷鈴は通常、どのような振り方をしても音を出さず、経を念じながら特殊な振り方をしたときのみ、一定の修行をした者には聞こえる音を出すのだ。

健作は、音のしたほうへとわずかに方角を変えた。無論のこと、油断はしなかった。

周囲に人影がないことを確かめた上で、あえて月光の下に身を晒す。すると、左手から同じように身を晒して近づいてくる者があった。健作は一瞬で桔梗だと視認した。

途中からは二人並んで、鈴の音がしたほうへ足を急がせる。すると、鳥居の手前の竹林を背にして、大人と子供、二つの影が並んで立っていた。大人の影は網代笠を被り、錫杖を手にしている。

桔梗と健作は、天蓋と一亮が佇んで待つところへ駆け寄った。

「御坊、なんでこんなところまで」

健作が問う。打ち合わせでは、天蓋と一亮は家で待っているはずだった。

「一亮が落ち着かなくてな。こちらで何かありそうだと申すで、来てみたのよ。まさかに一亮を置いて出るわけにもいかぬゆえ、こうやって連れ立っての」

「これから探ろうってとこですぜ」

「そなたら二人が来るからやってきたのではないか」

家にいながら、よく自分らがここへ到達する刻限を測れたなと思ったが、あるいはこれも一亮の能力なのかもしれない。健作の問いに対し天蓋の応えは淡々と返されたものの、一亮はさほどにこの場所へ危機感を募らせているのかもしれなかった。

「では、せっかくだ。夜明けまではまだまだときがあるようじゃし、これまで二人が探り出せたことを付き合わせて、皆で検討しておこうではないか」

健作は桔梗をちらりと見た。いつもならば「坊さんは引っ込んでな」などと強気に言い立てるはずの桔梗が大人しいので、天蓋の話に頷く。

落ち着いて話をするために四人は、遠くからだとさらに目につきにくいところへ移動した。

「……ってことで、どうやらここじゃあ、人の肉を食ったり肥やしにしてるから飢饉にならねえってのが、手妻《てづま》（手品）のタネのようでさぁ」

まずは健作が、己の探り出してきたことを披露した。

「桔梗のほうは」

天蓋が、顔を振り向けて問う。

「あたしのほうは、別にどこにも怪しい動きはなかったよ」

――桔梗さんが俯き加減で言葉少なに答えたのは、何も成果を上げられなかった悔しさを面《おもて》に出すまいとしてであろうか。

一亮がわずかに覚えた違和を、天蓋はよりはっきりと感じていたようだ。

「そうか。しかし、何かあったのであろう」

天蓋の静かな言い方が、心に閊《つか》えていたものを桔梗から吐き出させた。

「ここへ登ってくる途中で話を聞いた二人――」

「拙僧が引導を渡してやった母娘《おやこ》だの」

天蓋の促しに、桔梗は顔を上げる。

「あの二人の父親《てておや》が、ここにいた」

桔梗は、一語一語己の中を覗き込むようにしながら、探索のための移動の途中で行き逢った、道端に座り込む男の話をした。

「で、見憶えがあるような気がしたから、その守り袋を襟元から抜き出して見せてもらったのさ。そしたら、あの娘のほうが持ってたのと、そっくりな物だった。娘のほうには『さち』って名が縫い付けられてたけど、父親のほうのお守りには『れんぞ』って」

――お父《ど》の名は、連蔵って言うだ。

母親が話をする間もほとんど口を開かなかった娘は、母が父親に言及したときに、そうぽつりと呟いた。

「そうか！　畜生」

黙って桔梗の話を聞いていた健作が、急に悪態をついた。

「どうした、健作」

水を向けた天蓋に、失敗ったという顔で告げた。

「どっかで聞いたことのある名前だたぁ思ったんだ——さっき話した村長んとこの納屋を抜け出すときに、連中が話してたんだよ。『次は連蔵だ』ってな」

「次？　それはどういうことかの。何の次だと言っておった」

健作は気を焦らせる。

「連中、仲間内だと俺らに話すより訛りが強えから、何言ってんだか……。だから、確かじゃねえよ。

ええと、『やっとこの村まで来たのに運がない』とか、『なれなきゃ仕方ねえ』とか、そんな話だったような気が」

「来たのに運がない、なれねば仕方ない……」

天蓋は、健作の言葉を繰り返しながら、何か考えている様子だった。

「御坊？」

結論が出たのか、天蓋は深く息をついて肩を落とした。健作は、何が判ったのかと催促したのだ。

「おそらくは、次に食糧や肥やしにされるのが、連蔵だということであろう」

思ってもいない話に、桔梗は「そんな」と絶句する。

天蓋は、いたわりの目で見やりながらも、理由を述べた。

「桔梗の話によると、連蔵はもう何も判らなくなってしまっておるようじゃ。それでは、村の役に立つまい。飼っておくだけ、手間というもの」

「じゃあ、『なれない』ってのは」

健作の問いに、天蓋の目は一亮へ向いた。

「昼に表へ出たとき、一亮が道端にしゃがみ込んでいる者らを見て『村長などには感じぬものを感じる』と言っておった——なれば連中は、人を無理にも芽吹かせるような手立てを見つけ出したのやもしれぬ」

「まさか、そんなことが……」

桔梗は、大きく目を見開いた。

「無論のこと、人なれば皆が芽吹くというわけではあるまい。しかし、ここに到達できるか否《いな》かが、その篩《ふる》い分《わ》けになっておるとしたら」

「到達できる者は、芽吹く力を備えている……」

「他にも芽吹く者はおるやもしれぬが、篩い分けを済ませた者なら、自分らの手立てを無差別に施《ほどこ》すよりも多くの芽吹きを生じさせられると、ここの連中は考えた」

「……だから、あたしらにもあんなに親切だった。多少怪しくても、ここにやってきた以上は芽吹かせられるかもしれないから」

「しかし、中には期待に添えず、脱落する者もおる。それがたとえば、連蔵だったのであろう。脱落した者は、見切りをつけたところで芽吹きの苗床《なえどこ》から食糧へと格下げされる」

「じゃあ、連蔵さんは」

縋《すが》る目で見上げた桔梗へ、天蓋は静かに首を振った。

「どのように芽吹かせようとしたかも判らぬのに、元に戻す手立てなど探りようがない。それに、たとえ連中が見切りをつけた者だとしても、無闇矢鱈《むやみやたら》な弄《いじ》り方をされた後では、この先ずっと芽吹かぬままでおるなどとは誰にも保証できぬ。確かに言えるのは、そのままでも普通の者よりかはずっと芽吹きやすかろう、ということだけよ」

「そんな……」

「妻と娘を置いてここまで辿り着きながら、連れに戻るのをすっかり忘れてしまうほどに人が変わったのじゃ。それにもう、そなたが申したほど呆《ほう》けておるなら、仮に救い出したとて、これから先、とうてい生きてはいかれまい」

残酷な言い方だが、真実だった。天蓋は、自分の言葉が桔梗の内側に染み通っていくのを黙って待った。

やがて、桔梗は顔を上げて真っ直ぐ天蓋を見返した。

「危うく人の肉を食わされるところだったたってのもゾッとしない話だけど、それで人以外のモノにされかけたとなりゃあ、一亮にゃあ感謝してもしきれないね」

穏やかな目で一亮を見たのも、「自分はもうしっかり立ち直ったぞ」という態度の表明だったのであろう。

健作が、怒りの籠もった声でぽつりと呟く。

「畜生。しかし、何でここの連中はこんな突拍子《とっぴょうし》もねえマネを?」

「操られているのかもしれません」

初めて、一亮が口を開いた。その顔は鳥居の向こう、鎮守の森のほうへ向けられていた。

「行こうかの。この先へ行けば、そなたらの疑問にも全て答えが得られるやもしれぬ」

天蓋が、真っ直ぐに歩み出した。桔梗、健作、一亮の三人は、口を閉ざしたままその背に続いた。

が、四人の足はすぐに止まることになる。村の中心部のほうからぞろぞろとやってくる人の気配がしたからだった。

――気づかれた？

一瞬、四人の背に緊張が走った。

しかし、やってくる者らに警戒しているような様子はない。どうやら何かの用で、鎮守のお社に向かっているようだ。

四人は竹林の中に潜んで、自分らの目の前を通り過ぎる人々を見送る。

先頭には村長の一徳が立ち、昼よりも少ない取り巻きの後に、何やら重そうな箱を四人で担《かつ》ぐ男たちが続いた。

「あの荷を担いだ男ども、納屋で肉を切ってた連中だぜ」

村の者らが過ぎ去ってから、健作が皆に囁いた。

「では、これより何が起こるか、見せてもらおうではないか」

天蓋が、いつもと変わらぬ穏やかな口ぶりで言った。

五

箱を担いだ村の一行が到着した鎮守のお社の拝殿前には、神主《かんぬし》の姿をした男が一人立っていた。一行は、その前で止まる。

「いづもの神饌《しんせん》をお持づしました」

一徳は神主の前で跪くと、恭《うやうや》しく言上《ごんじよう》した。残る面々は、祀《まつ》られた神へなのか神主に対してなのか、地にひれ伏して畏れを表している。

一徳の言葉を受けた神主は、背後に右手を大きく振って袂をなびかせた。

ギギギ……。

人影もないのに拝殿の戸が勝手に押し開かれる。土下座をする面々は、ますます身を強張らせた。

「ほれ」

一徳が振り向いて言葉を掛けると、箱を運んできた者らが、いったん地に置いていた荷を再び担ぎ、村長を先頭に拝殿の中へと運び入れ始めた。取り巻き連中だけが、その場に残る。

この拝殿は奥に控える大きな家屋と直につながっているようだ。運び入れた者らがなかなか戻らないところからすると、箱は背後の家屋まで持ち込まれているものと思われた。

ようやく、村長をはじめとする男たちが戻ってきた。男たちは、入っていったときと同じに見える箱を担いでいた。

拝殿の前で行われている一連の行為を、天蓋ら四人は鎮守の森の木陰《こかげ》から見ている。

なお天蓋が手にする錫杖の金輪は、今宵外へ出るときすでに、音を出さぬよう細い紐で杖《つえ》本体に括《くく》り付けられていた。

境内《けいだい》の動きをじっと見ていた四人の中から呟きが漏れる。

「持ってったと思ったら、もう運び出したのかね」

健作が囁いたのへ、一亮が同じ囁き声で返した。

「いえ。少なくとも、中身は違ってます」

「箱からして別物《べつもん》のようだね。段を下りるときの取り回しでチラリと見えたけど、出してきた箱は、左前の下《した》っ側《かわ》が削《けず》れてないよ」

夜目《よめ》の利く桔梗が付け足した。右側は常に見えているから、前後が逆さまになっただけということもない。

「すると納屋で食用に切り分けた肉は、あの中でときを掛け、何か手を加えられて人を芽吹かせる力を得る、ということになろうかの」

「一亮の言ってることを信じるんなら、そうなりそうだね」

「他に、こんなとこへわざわざ持ってくる意味もねえしな」

一亮以外の三人が、それぞれに言い合った。

元の位置に戻った村長の一徳により、神主へ張り上げられた声が四人のところまで響いてきた。

「姫御前《ひめごぜ》もお健《すこ》やかなようで、何よりでがんす」

一徳の言葉をそのまま受け取るなら、社殿の中にはもう一人誰かいるらしい。しかも、「姫」と呼ばれる女のようだ。

村長の挨拶にも、神主は全く反応を示さない。一徳は神主の態度を気にすることなく別れを告げた。

「では、お下がり物を戴ぎ、御前《おんまえ》を下がらすてもらいます」

一徳は、今度は立ったまま深々とお辞儀をする。残りの者らは、来たときと同じように土下座をした。

一徳は神主に背を向け、帰る行列の先頭に立とうと箱の前を通り過ぎた。なぜか、箱からはずいぶんと間を空けて歩いたように見える。

そういえば、戻ってきて拝殿から下りるときも、箱を運ぶ者たちから離れるのも構わず急ぎ足だったように見えた。

「どうするね。あの神官が引っ込んでから、社殿の中をひととおり探ってみるかい」

桔梗の問いに、天蓋が応ずる。

「そうじゃの。どのようにして人肉に人を芽吹かせるような力を宿すのか、確かめられるなればそれに越したことはないからの」

二人のやり取りは、思いもしなかったところから反論を受けた。

「いえ、あの神主を中に戻してはいけません」

「一亮、そりゃあ、どういうこったい」

桔梗の問いに、じっと社殿のほうを見つめたまま一亮が返す。

「お社の中には、まだ何か居ます。あの神主なんかより、ずっと強い何かです——おそらくそれは、もう吾らがここにいることに気づいているでしょう」

「何だって！　村長が言ってた、姫御前ってヤツか」

健作も驚きの声を上げた。

「判りませんが、おそらく――ともかく、神主を中のモノと会わせたなら、たぶん誰も敵《かな》いません。百花園で出てきた、皆さんのお仲間もです」

「壱の小組より強いってか！」

「坊さん、どうするね」

健作の驚嘆《きょうたん》の声を遮るように、桔梗が判断を問うた。

「……」

天蓋が一瞬迷ったのは、一亮の言葉を疑ったというよりは、神主が「鬼」だと判断しきれなかったからかもしれない。

もしそうでなければ、すぐ出ることの有利さと、いったん控えて「芽吹きの新たな仕組みを知る」ことの重要性を、両天秤《りょうてんびん》に掛けたためだろう。社殿の中に隠された秘事を知るのは、討魔衆を率いる集団にとり、さほどに大事なことだった。

なおこのとき、「自分らが出ていくことによって一徳ら村人たちに目撃されることがあってはならぬ」という己らに課せられた制約は、桔梗や健作ばかりでなく天蓋の頭からも消えていた。

芽吹きが人為的に行われ、しかもそこに鬼ではない村人が深く関わっているという異様な事態に直面し、今までの掟が意味をなさなくなっていたのだ。天蓋ですら、今己の目の前で起こっていることへ対処するだけで精一杯だったといえよう。

ただしここは、辺境と評し得る土地の中でも周囲より隔絶された集落であり、たとえ掟に背く行動を取ったとしても、今後の活動に支障が出るほど噂が広まるとは考えにくいという算段は働いていたかもしれない。さらには、ここで行われている所行は村人にとっても表沙汰にできるものではない上、もし騒ぎが藩の役人の耳まで達したとしても、あまりの奇妙さゆえ、まともに取り上げられることはないとの確信ももてた。

村の者らが離れていくのを見送っていた神主は、すでに一行から目を切って、社殿の中へ戻ろうとしている。

チッと舌打ちした桔梗は、天蓋の決断を待たずにその場から駆け出した。

「おい神主、ちょっと待ちなっ」

走りながら大声を上げる。そのときには、健作も飛び出していた。

突然の叫び声に、神主が顔を向ける。

桔梗の声は、村の一行にも届いていた。参道の途中で、一徳らも何ごとかと足を止めて振り返った。

「マズいの」

そう呟いた天蓋も、森の中から踏み出した。桔梗が指図を受けぬまま先走ったことへの怒りも見せぬ、落ち着いた足の運び方だった。

神主のほうへ急行する桔梗と健作には構わず、天蓋は村の一行のほうを向いて参道に立ちはだかった。

村の者らは、まだ何が起こったのか判らず、その場に立ったまま己らが後にした社殿のほうを見ていた。

桔梗と健作は、やや距離を置いて鎮守の森の神官の前に立った。神官は色の浅黒い、年齢の見定めがつかぬ男だった。

「お前が、この村で悪さをやらかしてる親玉かい。今、あいつらが運んでった箱の中身が何だか言ってみな。もう、証拠《ネタ》は上がってんだよ」

桔梗に激しい言葉を浴びせられても、神官は黙って見つめ返すだけだった。

「へーえ、黙《だんま》り決め込むってかい——空っ惚けてりゃあこっちが引っ込むと思ってんなら、大間違いだ。目の前に証を並べられなきゃ白状しないってんなら、あんたの背中のお社に乗り込んで、運び込まれた箱ぉひっくり返すだけだ。その中身ぃ目の前にして、どんな言い訳すんだか楽しみだねえ。行かしてもらうよ」

言い放った桔梗が一歩踏み出したとき、初めて神官が反応を示した。

「キシェー」

顔を醜《みにく》く歪《ゆが》めて吼える。歯を剝き出した口の中には、手の親指よりも長い牙が生えていた。

「これで、芽吹きは確定だね」

桔梗は、正体を現した神官から目を離さずに、隣の健作に言った。

「ああ、存分に摘めるってもんだ」

健作も己の敵を見ながら応じた。

「お前《め》ら、神主様《ぬす》に何すんだっ！」

一徳が、両足を踏ん張って怒声を発した。天蓋が、静かに応ずる。

「あれは、この世に在《あ》ってよいモノではない。なれば、本来居るべきところに戻すだけ」

「何《なぬ》を……お前《め》らに、そんなこと《ほだごど》出来《でぎ》っか」

「できるかできぬかは、見ておれば判ろう」

一徳は、天蓋の自信ありげな態度に不安を覚えたようだった。

「困ってっ所《どご》助けでやったのぬ恩を仇で返《けえ》すどは、犬畜生のやり方《がだ》だ」

一徳の非難にも、天蓋は動じない。

「助けた？　助けるふりをして自分らの利益となるよう利用せんとしたの、言い間違いであろう。そなたらに騙された者らは、皆そう思うておるはずぞ」

「そんなこと《そだごど》があるか《あっか》。ここまで辿り着いで俺らに助けらった者は、皆涙流すて喜んだでば」

「己がその後、どうなるかも知らなんだゆえな。救けたとそなたらが申す者らと、自分が同じようになると判っておっても、そなたら同じ施しを受けたか」

「受げだ！　受げねば、死ぬだげだべ」

「真にそうか？　偽《いつわ》りを申すな——村長よ。そなた、拝殿の中からその箱と一緒に戻ってくる際、ずいぶんと嫌そうに遠ざかろうとしておったな。入るときに持ち込んだ箱では、いっさいそのような素振りは見せなんだのに。

今吐いたような強弁をするそなたが、なぜその箱を忌み嫌う？　本当は、そんな物にはいっさい関わり合いたくないからではないのか」

「な——そんなことはない。神主様《ぬす》やこの下さり物が無げりゃ、この村だってとうに飢饉《ききん》で無《ね》ぐなってる」

「ならば問おう。そなたらの村におる廃人同様の者、たとえば次の贄《にえ》に選ばれた連蔵のような者が、村の者の中からも出ておるのではないか。だから、食し終わった後の残飯や膳は、捨てたり洗ったりせずにそのまま戻せと、我らに言ってきたのであろう——違《ちご》うておるか？

我らが勝手に残飯や洗い物の汚れ水をそこいらへ捨てることによって、土地が汚れ廃人同様の者がまた出るのを怖れたから、我らの好きにさせずに自分らで安全な捨て方をしようとした。そうであろう——しかし、もう遅かったぞ。ここは、すでに井戸の水まで汚れてしまっておる。そなたらがこれまでやってきたことの、報《むく》いやもしれぬの」

「ほだごど……嘘《うそ》だ」

天蓋の話は、一徳にとってかなりの衝撃だったようだ。しかし、天蓋はそれでも容赦《ようしゃ》しない。

「なぜにこのような嘘をつかねばならぬ――それ以前に、今日やってきたばかりの我らが、水の汚れ方を察知せずして、そなたらがやったことをこれほど正確に見抜き、暴けたはずがあると思うか？」

「ほだ……ほだ馬鹿《ばが》な……」

一徳は、天蓋からその背後の神主へと視線を移した。

「神主様、それでは約束《やぐそぐ》が……」

しかしながら神主には、もう一徳の訴えを聞く余裕などなくなっていた。

六

「ギシェー」

神主が、煌々《こうこう》と月が輝く夜空に向かって吼えた。

桔梗と健作は、その左右を駆け回り、隙を狙う。しかし、健作の投ずる糸は神主が振るう長い袂によって払われ、生じた風に吹き流されて、目標に到達することができなかった。この状態で桔梗がもし手裏剣を投じても、やはり神主が振るう袂に当たって勢いを失い、地に落ちるだけであろう。

「くそっ、邪魔な袖だ」

「健作、何とかしな。お前さんの役目だろう」

二人は必死に神主の隙を狙い続ける。その最中なのに互いにやり取りができるのは、神主が防戦一方で攻めてはこないからだった。しかし、闘っている二人には、そこまで意識する余裕はない。

天蓋にしても、意識のほとんどは村人らに向いていた。

――どこか、何かがおかしい。

全体を俯瞰《ふかん》して見る目を持っていたのは、四人の中で鎮守の森に残った一亮一人だけだ。鳥居の前に立ったとき以来自分が感じていたものと、今の闘いの有りようには差があり過ぎる気がする。

――姫御前とかいう者か？

相変わらず、そこには巨大な「何か」のいる気配はある。しかし、拝殿の前で神主が必死に闘っているというのに、奥から怒気や闘気のような感情が押し寄せてくることはなかった。

――お社の中でないならば、あるいは……。

一亮は、社殿を背にして村のほうへ体を向けた。

「!」

己の感覚が捉えたものに、愕然とする。声が出たのは、無意識のうちだった。

「危ないっ、みんな気をつけて!」

警告は、三人それぞれの耳に届いた。さもなければ、三人いずれもが傷つき、少なくとも一人は深手を負っていただろう。

「なにっ」

咄嗟に身を低くした健作の上空を、何かが飛び去った。桔梗は己の左右を行き過ぎる影から危うく身を躱す。

そのときには、二つの影それぞれに一本ずつ、桔梗の手裏剣が突き立っていた。健作の上を飛び越えたモノも、喉に糸を絡みつかせて地に落ち、痙攣《けいれん》している。

「こいつらは……」

それはいずれも、新たな鬼だった。桔梗が咄嗟に投じた手裏剣を受けた二匹も、まともに立ちあがれずにのたうっている。参道では、やはり襲われた天蓋が、手にした錫杖で二匹の鬼を突き倒したところだった。

「弱っちいねえ。こんなのが何匹いたって、あたしらの敵じゃないよ」

桔梗が神主の鬼に向かい嘯《うそぶ》く。しかし、健作から同調の声は上がらなかった。

「いや、そうでもねえぜ」

健作が周囲を気にしていることに気づき、桔梗も四方の気配を探った。

「これは……」

少なくともあと五匹ほどの鬼が、こちらを取り囲もうと近づいてきていた。

それればかりではない。鳥居のほうからは、さらに多くの鬼が駆けつけてくる気配がする。

「ギシ、ギシ、ギシ」

神官の鬼が上げた軋むような音は、笑い声らしかった。

「さっき叫んだなぁ、こいつらを呼ぶためだったのかい」

桔梗が歯ぎしりした。

自分の近くでまだのたうち回っている一匹に目を落とす。着ている物の柄《がら》に見憶えがあった。

おそらく、昼に村の道端でぼんやりしていた者の一人だろう。全体の気配からすると、外へ出ずに家にいた「芽吹く前後」の鬼も少なくないようだ。

いずれもまだ芽吹きの程度は「半ば覚醒《かくせい》した」というあたりらしく、一匹一匹の力でいえば大したことはない。しかし、何十匹いるか判らぬとなれば侮《あなど》ることはできなかった。

桔梗の手裏剣は数に限りがあるし、健作の糸には、攻撃に対する備えのできた相手を即座に無力化するまでの威力はない。天蓋とて、いつまでも鬼の相手をし続けられるほどの体力があるはずもなかった。

唯一《ゆいいつ》の望みは、神官さえ仕留められたら残りの鬼たちは動きを止めるかもしれないということだ。しかし、守りに徹した神官はただでさえ隙がないところに、これからは他の鬼の相手をしながらその合間に攻めなければならない仕儀に陥った。どうやら、窮地に立ったのは相手ではなく自分たちのほうらしい。

無防備な仲間のことが思いやられて、視線を送った。鎮守の森の境に立つ木の陰に隠れるようにして、こちらを見ている姿が認められた。

――一亮！

一亮の近くに鬼の気配がないことを確かめてほっとする。最初に一亮と出逢った瀬戸物屋のときと同様、一亮には危急の際に意識もせぬまま気配をすっぱりと絶って、鬼どもには悟《さと》られないようにする能力があるのかもしれない。

ともかく、今は自分の目の前のことが先決だった。救けに行くだけの余裕はないし、下手に駆けつけようとすれば却って神官に悟られて、手勢の一部を一亮に振り向けられてしまいかねない。

ならば、どうにかしてこの局面を切り抜ける——それより他に、手立てはなさそうだ。

新たな鬼どもによる包囲は、もう完成しつつあった。携えてきた手裏剣の手残りは、自分たちを囲む相手の数より確実に少ない。

「畜生」

手詰まりに、悪態が口を突いて出た。

「桔梗」

健作が呼び掛けてきたのへ何ごとかと目をやると、健作はすでに桔梗が斃《たお》した二匹の鬼へ糸を放とうとしているところだった。

——こんなときに、何やってんだい。

そう文句を言いかけて、目を丸くした。

健作の放った糸は、鬼に突き刺さった桔梗の手裏剣に伸びていた。健作が手を強く引くと、鬼の傷口から手裏剣が抜ける。続く緩やかな動作でふわりと宙に浮かんだ手裏剣は、次の瞬間には桔梗の目の前に到達していた。

「なかなか味なことをやるじゃないか」

己の得物を受け取った桔梗が言った。

「今、思いついた。やってみるとできるもんだな」

「へーえ、そんなことができるんなら、あたしも糸を習ってみようかねえ」

「よしたがいいぜ。人には向き不向きがあらあ。たとえお前さんが向いてたとしても、習得にゃあ手裏剣に要したのと同じほど掛かろうぜ」

「なら、やめた。そんなまどろっこしいことは、してられないからね」

二人は無駄口を叩き合いながら、連携して襲いかかってこようとしている鬼どもを見据えていた。


村のほうから参道を駆け抜けてきた鬼の群れは、桔梗と健作を取り囲んでいるよりも数が多かった。その全てが一度に襲いかかってきていたなら、天蓋はひとたまりもなかったであろう。

しかし、鬼の群れと天蓋の間には、他の者らがいた。お社へ「神饌」を持ち込み「お下がり物」をもらって帰ろうとしていた、一徳の一行だ。

一徳ら村の者が与えた食い物――お下がり物によって鬼と化した連中に、容赦はなかった。一行から悲鳴が上がる。

運ばれていた箱はひっくり返され、中から溢れ出たお下がり物を、鬼たちは貪り喰らった。より新鮮な――まだ生きている、肉に食らいつく鬼が出たのも当然のことであったろう。

いち早く逃げ出した村人もいたが、鎮守の森まで到達できた者は一人もいなかった。

「神主様《ぬす》、こんなごだぁ《こだ》……神主さまぁ」

一徳の絶叫《ぜっきょう》が、鎮守の森の上空に消えていった。

天蓋にも為す術はなかった。新鮮な肉を求めて飛びかかってくる鬼には天蓋に狙いを定めるモノもおり、その対処だけで精一杯だったからである。

やがて、お下がり物も村人たちも食い尽くされる。すると、参道をやってきた連中にとって、目の前にある食い物は天蓋だけとなるのだ。

一亮は、大木の根元で上体を屈めながら、状況の悪化を食い入るように見つめていた。

――どうにかしなきゃ。

焦りはするものの、自分が出ていったとて、どうなるものでもない。鬼に見つかり襲われてしまうことで、本来自分のことだけで精一杯なはずの三人へ、余計な負担をかける結果に終わるだけであろう。

──でも、このまま隠れてるだけじゃぁ……。

どうにかしたい。しかし、その手段が自分にはひとつもない──あるとすれば、神仏に祈ることぐらいであろうか。

そんなことでどうにかなるなら、今、自分らはこんなところにいなかった。

──どうにかしなきゃ。このままじゃ駄目だ。でも、どうすればいい。やれること。何をすれば。どうやったらみんなの助けになれる……。

一亮は、目の前で起こっていることから一瞬も目を離すことなく、懸命に考え続けた。その切実さは、心底からの祈りに通ずるほどの強さがあったといえるのかもしれない。

「！」

心が、何かに触れた。

それは、今まで感じたこともないほど大きくうねり、たゆたっていた。

一亮が圧倒されるほどに巨《おお》きな何かだ。しかし、不快ではない。不安も覚えなかった。

いつの間にか、一亮は目を閉じていた。己が触れた巨きなものに心を委ね、身を任せた。

「あー」

我知らず、声を出していた。掠《かす》れがちな小さな声だったが、そのとき、どのような風の具合だったのか、あるいは気象の状況だったのか、一亮の小さな声は響き渡り、遥か遠くまで減殺《げんさい》されることなく到達した。

その声は、桔梗にも健作にも天蓋にも届いた。

「！　一亮、何やってんだい」

桔梗が、無力な仲間の無謀な行為に絶望を覚えながら舌打ちする。

鬼どもと交錯《こうさく》しながら神官のほうへ目をやると、当然神官にも聞こえているのであろう、周囲をキョトキョトと見回しているところだった。

その神官の視線が定まり、腕が上がりかけ口を開こうとした。

──一亮が見つかった！　なら、今打つしかない。

牙を剝いた一匹が己に喰らいつこうとしているのを避けようともせず、桔梗は今にも新たな指図の声を上げようとしている神官へ向かい手裏剣を振り立てた。

七

それは、突然だった。

何が起こったのかすぐに判った者は、一人としていなかった。それでも、何かが始まったということを、その場にいる全員が——人も、鬼も、はっきりと知覚した。

桔梗を狙って大きく口を開けた鬼が、飛びかかる寸前に撓《たわ》めていた足の力を緩めて背後を振り返った。

一亮を指して鬼の一手を向かわせようとした神官は、上げかけた腕を下ろして周囲を見回した。

桔梗すら、手の手裏剣を打つことを忘れて、本能に従い周囲の気配を探っている。

健作も、天蓋も、彼らを狙う鬼も、皆が自分たちがやろうとしていたことを中断して、これから何が起きようとしているのか知ろうとした。

「あー」

一亮の声だけが、信じられぬほどの長い間息切れもせずに続いている。

それは、一亮ただ一人だけの声のはずだった。しかしよく聞くと、誰かが一亮に唱和しているかのようにも思えてきた。

「――――」

音にならぬ声。発せられた一亮の声に寄り添い、合わせている声なき声。

やがてそれは、音を感じさせぬまま、どのようにしてか共鳴の強さだけを増していった。

「これは……」

桔梗が、顔を歪める。耳を塞ぎたいのだが、鬼たちを前にして、さすがに無謀なまねはできずにどうにか耐えていた。

一方鬼どものほうは――桔梗どころではなかった。がくりと体の力を抜き、立っているのがやっとという有り様に見える。

桔梗は、神主へ目を向けた。神主は、さすがに他の鬼どもよりは声ならぬ声に抗し得ているようだが、それでも動きにどこかぎこちないところがある。

――今！

「健作っ」

桔梗の声に応じ、健作が神主に糸を放った。

健作も声ならぬ声に影響を受けたため、放たれた糸は宙を滑るようないつもの伸びやかさを欠いていた。

しかし、神主の動きは放たれた糸よりももっと緩慢だった。右の袂を重そうに振ったが、健作の糸は神主の右の手首にしっかりと絡みついた。ついで、左。

健作が両腕を広げると、遣い手に操られた人形のように、神主も両腕を広げたまま動けなくなった。

「これで、終わりだね」

桔梗が小さく右腕を振ると、神主の額の中央、白毫に手裏剣が突き立つ。

神主は、口を大きく開け何か叫びながら仰向けになって絶命した。

健作が腕を振って糸を回収すると、神主は上半身を宙吊りにされた状態が解かれて、そのまま背後へと倒れていった。

桔梗が、耳を押さえながら顔を顰《しか》めた。いまや、神主の叫び声や倒れ込んだ音すら聞こえぬほどに、声なき声の響きは高まっている。

同じようにしている健作に何か言いかけて思いとどまる。これでは、とうてい自分の声など届かない。

諦めて、身振りで皆と集合しようと伝えようとしたとき、不意に、地面が一寸（約三センチ）ばかり陥没《かんぼつ》したような気がした。

「！」

大地の異変はそればかりではなかった。今度は突き上げるように隆起《りゅうき》したかと思うと、全てが波立っているようにグラグラと揺れだした。

――地震、しかも大きい！

立っているのがやっとなほどの大きさの揺れが、ずいぶんと長く続いている。何かが地面から立ち昇る気配がしたのに気づいて周囲を見回すと、何本もの水柱が湯気を立てながら吹き上がっていた。

――そういや、村長はここで温泉が湧くって言ってたね。

今起こっている大異変にはどうでもよさそうなことを思い出していると、健作が腕を引っ張ってきた。空いた左手で、一亮がいるはずの鎮守の森を指している。そこへ逃げ込もうという合図のようだった。

大木の幹に摑まっていれば、地中に広く張った根で安全かもしれない。それに、一亮のことも気になる。

桔梗は頷き、健作と支え合い、よろばいながら大木の立つほうへと向かった。

参道に目をやれば、天蓋も錫杖を支えに使って同じ方向を目指しているのが見えた。

大地の激震に気を取られたせいか、それともどこかから発生した共鳴はすでにやんでいるのか、桔梗も健作も声なき声に煩わされることなく済んでいた。一方、神主が斃された後の鬼どもは、いまだ共鳴によって受けた痛手から立ち直れぬままなのか、全て動きを止めたままだ。

ようやく揺れが収まってきたこともあって、桔梗と健作はなんとか大木の根元まで辿り着いた。待っていた一亮が二人を迎える。ほぼ同時に、天蓋も三人のところにやってきた。

周囲が鎮まったところで耳を澄ませてみると、あの声なき声の共鳴はやはり終わっている。桔梗は大きく息を吐いた。

「やっと終わったね。」

言いかけたとたん、また揺れが襲ってきた。今度は先ほどよりも大きい。

「いかぬ。木ごと倒れるやもしれぬぞ」

四人が支えにしている木の幹は大きく震え、地中に張っているはずの根も土をはね飛ばして地上に露出し始めた。

しかし、今さら移動できるような状況ではなかった。

次に襲い来た突然の衝撃は、轟音《ごうおん》と暴風、そしてそれまでの地震とはまた違った、腹にズシンとくるような地の揺らぎだった。

「な、なんだっ」

健作が叫んだが、誰も何が起こっているのか状況を摑めない。ともかく、四人して唯一の頼りである大木の幹にしがみついているよりなかった。

頭上からはバキバキという大きな枝が折れるような音が聞こえ、己のすぐそばではおそらく大木が何本も倒れているのであろう、ダダン、ズシンという響きが体を揺さぶる振動として伝わってくる。

月明かりはあったはずなのに、周囲は轟音とともに漆黒《しっこく》の闇に覆われていた。

――湿った、土の匂い……。

一亮が、だいぶ収まってきた轟音と揺れと風以外に感じるのは、それだけだった。

四人が息を詰めていると、空には徐々に星の輝きが見え始めた。

――雲が切れた？

一瞬そう思ったが、どうも違うような気がする。後で思い返すと、あれはおそらく、地震とそれに続く大地の変動や突風で舞い上がった大量の土埃が、次第に地に落ちてきたために、星明かりが戻ったということだったのだろう。

晴れ間が、ようやく宙天に架かる細い月まで広がった。

「これは……」

滅多に動揺したところを見せない天蓋が絶句した。残る三人も唖然として声もない。

四人の目の前に広がっているのは、つい先ほどまで豊かな緑を湛《たた》えていた村の佇まいではなく、土と泥に覆われた荒れ地だった。

お社とその背後に控える家屋は、土砂に押し潰されながらなんとか半分ほどは元の形を残している。

鎮守の森も、天蓋ら四人が居るところを除いて、ほとんどが土に埋もれ、木々が薙《な》ぎ倒されていた。全て同じ方向に頭をそろえて横倒しになった倒木の流れが、四人のいるわずか手前で左右真っ二つに割れているのは、どのような偶然が引き起こしたことだったのか。

四人がいるところから改めて村の方角に目を凝らしてみても、人が住んでいた痕跡はひとつとして残されていなかった。

「山が、崩れた?」

健作が、信じられぬものを見る思いで、心に湧いた疑問を口にした。

じっと荒れ野の有り様を見ていた天蓋が、ようやく答える。

「ああ、四方の山が、全て内側に崩れたようじゃな——この村に我らが着いたとき、村長の一徳は『温泉が出るゆえ却って麓より暖かい』と言っていた。人を芽吹かせる下さり物とかいう肉を村長が嫌っておったところからすると、それを肥やしに使ったとも思われぬ。すなわち、村が飢饉とは無縁であったのは、冷害を寄せ付けぬ暖かさがあったればこそであろうな。

ところが、同じ一徳が拙僧に突き詰められると、『神主がいなければ、飢饉で村はもう無くなっていた』と白状した。考えるに、温泉の泉脈も、あの神主がどのような手立てでか、地中に張り巡らしたものではなかろうか。それが、大きく揺すぶられたため——」

「周りから、グズグズに崩れてきちまったってかい」

桔梗が被せたのへ何も言わなかったのは、その通りだということであろう。

天蓋が唱えた説の根拠には、通常、村境や分かれ道など「境界」に置かれる道祖神が、この村では異様なほど多数置かれていたことがある。この世と異界の境目にも置かれる道祖神を使って、地中の水脈を自在に操ろうとしたのかもしれないと考えたのだった。

健作が、ハッと気づいたように天蓋に向き直る。

「でも、ありゃあいったい何だったんだい。あの声が大きく響いたから、こんな――」

再び何かに気づいた健作は、今度は一亮のほうを振り向いた。そう、あの響きは、一亮が発した声に合わせて次第に大きくなっていったのだ。

三人に見つめられる一亮は、じっと半壊したお社のほうを見ていた。その足が、前に出る。

「一亮、危ない――」

押し流されてきた土砂は柔らかく、踏み出した足は簡単にのめり込んでいくが、いかなる物をも壊して突き進むうちに、中に何を銜《くわ》え込んでいるか知れたものではない。そしてまた、いつ動き出してもおかしくはないのだ。

警告を発しようとした桔梗を、天蓋が止めた。

天蓋は、お社へ真っ直ぐ歩んでいく一亮の背に従う。桔梗と健作も天蓋に続いた。

一亮は、少し前まで拝殿があった辺りに立つと、半壊し傾いたお社の残骸をじっと見ている。

その一亮の姿と半ば崩れたお社を、健作は交互に見比べた。

——いったい、これからまだ何が起こるってんだい。

もう、よほどのことでも驚きはしなかろうほどに、今日はとんでもないことが立て続けに起こっていた。

ガサリ。

お社のほうで、何かが動く音がした。

——まだ、崩れてくんのか。

健作は身構えたが、どうやら多くの土砂が動いている気配はなく、音はごく限られた一箇所だけから発しているようだった。

山崩れの衝撃で閉じていた観音《かんのん》開きの戸が、内側から押し開けられる。

——誰か生きてた？　まさかあの、神主か。

戸を押し開けた小さな人影が、月明かりに身を晒した。

それは、ようやく十歳になったばかりかどうかというほどの、小柄な少女であった。そういえば、一亮はお社の中に何か居ると言っていたし、村長も神主にそんな話をしていた。

——これが、姫御前？

思いもしなかった者の登場に、健作はただ茫然として息を呑むばかりだった。

八

江戸に帰着した天蓋の小組からは、小頭である天蓋が報告に参上した。話を聞くのは、評議の座の中でとりまとめを行う万象、その補佐の宝珠、そして樊恵と知音の四人である。

「――ということにて、根張村、人々が噂に言うところの涅槃の里は、ただ一人を除き全滅致しましてござりまする。村はほとんど痕跡も残っておらぬような有り様にて。また村より人を遠ざけていた自然の結界も、山の崩落と地滑りによって消滅したと考えてよろしいように思われます」

天蓋は、己らが奥州で遭遇《そうぐう》した奇怪極まる出来事についての長い話を終えた。

最初に、万象が問うた。

「で、そのただ一人の生き残りと申す娘子《むすめご》は」

「当人は早雪《さゆき》と名乗っておりますが、ここに連れ帰っております」

「なにっ、連れて参っただとっ」

驚きの声を上げた樊恵に、天蓋は視線を向けて応じた。

「芽吹きもせぬ者を、他にどうせよと」

「芽吹いておらぬと？　山を崩し、村ひとつ全滅させるほどのことを為した者がか」

「あの娘が為したと、断じられてはおりませぬ——拙僧には、あの娘にそのような能力があるとは感じられませんでした。耳目衆の何人かに意見を求めましたが、皆、拙僧と同じ考えにござりまする」

お社の奥に「神主を遥かに超える力を持ったモノがいる」と言っていた一亮も、半壊した社殿から出てきた早雪には「何も感じない」と明言した。

この程度の論証では、無論のこと樊恵は納得しない。

「だからと申して、それほどのことがあったのに放っておけようか」

「ゆえに、連れて参った次第にござる」

「あの小僧同様にか」

「そうお考えいただいて結構にござります」

ここで、万象が口を挟んだ。

「その早雪とやらいう娘、真に芽吹きとは関わりがないのか。そなたの話に基づけば、人を芽吹かせるための食い物が、その娘のおるところで作られておったと聞こえたが」

「当人は、座敷牢《ざしきろう》のようなところに閉じ込められておったようにございます。神主としてあの村を裏から操っておったモノは、早雪の前にて何やら肉に術を施していたようで」

再び、樊恵が嚙みついた。

「ならば、その娘が関わっておったことは明白ではないか」

この糾弾《きゅうだん》にも、天蓋は落ち着いて答えた。

「どうやらあの娘、他の者が及ぼす作用を増幅するような能力を持っておるのではないかと推察致しまする。その力を利用し、神主の鬼は己の力の足らぬところを補って、人を芽吹かせる食い物を作り上げていたのでござりましょう」

一亮がお社の奥に感じていた強大な力は、早雪により増幅された神主の術の「余韻《よいん》」のようなものだったのかもしれない。

樊恵は天蓋の話に肯《がえ》んぜず、一足飛《いっそくと》びに結論へ走った。

「それだけで、もはや娘に引導を渡すには十分であろうが」

天蓋は、我慢強く説得せんとする。

「重ねて申し上げますが、あの娘自身には、芽吹きの兆候《ちょうこう》も、人を芽吹かせるような能力も感じられませぬ。

喩えとして相応しいかはともかく、こういうことではないでしょうか。塩は、小豆餡《あずきあん》に含まれる砂糖の甘さを際立たせ、強める力を持ちまするが、さりとて塩を『甘い』と責めることはできませぬ――悪いのは早雪を芽吹きに利用せんとしたモノであって、あの娘に罪があるとは申せぬはずにござります」

「村を壊滅させるほどの力を見せてもか」

「山が崩れるに際し、早雪が行ったは一亮への唱和――どうやらこれにより、本来の一亮の能力が増幅され、あのような結果を招いたものと思われまする」

「なれば、やはりあの小僧ともども、引導を渡すべきであろう」

「一村全滅するほどの大事となったのは、ご報告中に申し上げたとおり、元々の地盤が神主によって脆弱《ぜいじゃく》なものと為されていたため。決して一亮が意図して行った結果ではありませぬ」

「地盤が緩んでいたと申すは、そなたの憶測に過ぎまい」

「憶測というなれば、早雪に関し拙僧が申したることは全てが憶測。確たることはただひとつ、あの娘は、芽吹きの兆候をいっさい示しておらぬということのみにございます」

再び、万象が問いを差し挟む。

「そなたの申すその娘の力は、あまりにも異様に思える。いったい、どのような出自の者なのじゃ」

「判りませぬ。当人は何も憶えてはおらぬようで――気づいたときにはもう、お社奥の座敷牢に入れられておったということでございます」

樊恵は、万象に体ごと向き直り訴えた。

「さほどに得体の知れぬ者、やはりあまりにも危のうございます。もしこのまま生かし続けたときに先々起きかねぬ危難の大きさを考えれば、除くに如《し》かずと、強く進言させていただきまする」

樊恵の強硬《きょうこう》な意見に、天蓋は抗《あらが》った。

「お待ちくだされ。樊恵様は僧侶の身でありながら、鬼でもない者を殺すよう手の者に命じられると仰せですか」

「黙れ。そなたらとて、一度はあの小僧を亡き者にせんとしたではないか」

「確かに、我が小組にはさような考えを持った者がおりました。しかし、その者は自ら手を染めんとし、いっさいを己《おの》が責めにて収めるつもりでおりましたぞ。

罪なき者を弑《しい》する――仏道にある者が、それを人にお命じになりますのか」

「黙れと言うておろうが。そなたは報告のためにこの場に出るを許されただけじゃ。評議の座にある者へ意見するなど、僭越至極《せんえつしごく》ぞっ。立場をわきまえよ！」

樊恵は、天蓋を頭から怒鳴りつけた。ここで、知音が初めて口を開く。

「天蓋、控えよ。樊恵様のおっしゃるとおりぞ」

自分の言葉に天蓋が畏《かしこ》まったのを見て、知音は樊恵に目を向ける。

「では、樊恵様。愚僧の問いにはお答えいただけようか――樊恵様は、芽吹きの兆候も見られぬ者を殺せと、配下の者にお命じなさるおつもりか。それとも、早雪なるいまだ幼き娘を、ご自身のその手で亡き者にされると仰せなのであろうか」

同じ評議の座に列する者に改めて真正面から問われ、樊恵は言葉に詰まった。


江戸へ帰る旅路で、早雪の面倒を一番かいがいしく見たのは一亮だった。

本来ならば桔梗が見るのが当たり前だし、桔梗にしても、同じ女でなければ面倒を見られないところはきちんと見てやったのだが、最初に一亮と出逢ったときとは違い、桔梗にはどこか早雪と距離を縮めるのを躊躇う気持ちが生じているのだ。それはやはり、一村壊滅というあの大惨事を目の当たりにした衝撃が因になっているのだと思われた。

一方の早雪も、新たな道連れとなった四人の中では、一亮に最も心を赦しているように見えた。それは、一亮が一番歳が近く、自分のことをいつも気に掛けてくれるから、というだけではない。

「やはり、一度とはいえ互いに心を通わせ合うような出来事があったことが大きいのではないかの」

街道を歩く中で二人を見ながら、天蓋は桔梗にそう語っている。

早雪に対する一亮のまめまめしさは、浅草寺奥山に戻ってからも同じだった。まるで、生き別れになって何年かぶりでようやく会えた、実の妹に接するようだ。

桔梗は、一亮と二人だけになった機会に言ったことがある。

「お前、あんまりあの娘に深入りするんじゃないよ。もしかしてだけど、仲良くなれば、それだけ別れるときはつらくなるんだからね」

天蓋から何も聞かされたわけではないが、自分らの上のほうで、実際に樊恵が示した類の意見が出ることを予測したからこその助言だった。

しかし、言いながら桔梗は、「一亮が早雪の世話だけに熱心なことへ、あたしが焼き餅を焼いているんじゃないか」と思われそうな気がしてきて、途中から言い方を少し和《やわ》らげたのを自覚した。なにより自分に対して頭にきたのは、どこからか勝手に浮かんできた「焼き餅云々」という見方が、あながち曲解《きょっかい》とも言えないのではないかと思えたことだった。

ともかく、桔梗からひと言釘を刺された一亮は、特に表情を変えることもなく「判っています」と淡々と応じた。

――あれだけ賢《かしこ》い子なんだから、上のほうでどう思ってそうかなんて、あたしとおんなしぐらいに察してるか。

桔梗はそのように理解し、案ずるのをやめた。

一亮は、確かにある種の諦念《ていねん》をもって早雪に接していたが、それは桔梗が考えるように「上のほうの判断ですぐにも早雪とは別れなければならなくなるかもしれないから」、という理由によるものではなかった。

あの涅槃の里で、村長が芽吹かせる人をどう選抜するかについて、天蓋が口にした言葉があった。

「人を遠ざける自然の結界を抜けて涅槃の里に到達できるか否かが、芽吹かせられるかどうかの篩い分けになっている」

天蓋らを、涅槃の里へ導いたのは一亮だった。すなわち一亮は身の内に、芽吹きの萌芽《ほうが》を抱えていることになろう。

別れは早雪に告げるのではなく、己が皆から告げられることになるのかもしれない。

衝撃を受けて当然の話だった。が、一亮には驚くというより、どこか得心できたところがある。

——いったい己は何者なのか。

このところずっと抱え続けてきた疑問に、たとえ望ましいものではなくとも、初めてはっきりとした答えをひとつ得た思いがしたからだった。

一〇〇字書評

切り取り線

購買動機（新聞、雑誌名を記入するか、あるいは○をつけてください）	
□（　　　　　　　　　　）の広告を見て	
□（　　　　　　　　　　）の書評を見て	
□ 知人のすすめで	□ タイトルに惹かれて
□ カバーが良かったから	□ 内容が面白そうだから
□ 好きな作家だから	□ 好きな分野の本だから

・最近、最も感銘を受けた作品名をお書き下さい

・あなたのお好きな作家名をお書き下さい

・その他、ご要望がありましたらお書き下さい

住所	〒				
氏名		職業		年齢	
Eメール	※携帯には配信できません	新刊情報等のメール配信を 希望する・しない			

この本の感想を、編集部までお寄せいただけたらありがたく存じます。今後の企画の参考にさせていただきます。Eメールでも結構です。

いただいた「一〇〇字書評」は、新聞・雑誌等に紹介させていただくことがあります。その場合はお礼として特製図書カードを差し上げます。

前ページの原稿用紙に書評をお書きの上、切り取り、左記までお送り下さい。宛先の住所は不要です。

なお、ご記入いただいたお名前、ご住所等は、書評紹介の事前了解、謝礼のお届けのためだけに利用し、そのほかの目的のために利用することはありません。

〒一〇一－八七〇一
祥伝社文庫編集長　坂口芳和
電話　〇三（三二六五）二〇八〇

祥伝社ホームページの「ブックレビュー」からも、書き込めます。
http://www.shodensha.co.jp/bookreview/

祥伝社文庫

楽土《らくど》 討魔戦記《とうませんき》

平成29年12月20日　初版第1刷発行

著　者　芝村涼也《しばむらりようや》

発行者　辻　浩明

発行所　祥伝社《しようでんしや》

東京都千代田区神田神保町3-3

〒101-8701

電話　03（3265）2081（販売部）

電話　03（3265）2080（編集部）

電話　03（3265）3622（業務部）

http://www.shodensha.co.jp/

印刷所　萩原印刷

製本所　ナショナル製本

カバーフォーマットデザイン　中原達治

Printed in Japan ©2017, Ryouya Shibamura　ISBN978-4-396-34380-4 C0193

〈祥伝社文庫　今月の新刊〉

佐藤青南

たぶん、出会わなければよかった
嘘つきな君に

嘘だらけの三角関係。それでも僕は恋をあきらめたくない。純愛ミステリーの決定版！

菊池幸見

走れ、健次郎

国際マラソン大会でコース外を走る謎の男!?
「走ることが、周りを幸せにする」――原　晋氏

早見　俊

居眠り狼《おおかみ》　はぐれ警視　向坂寅太郎《さきさかとらたろう》

奴が目覚めたら、もう逃げられない。絶海の孤島で起きた連続殺人に隠された因縁とは？

小杉健治

夜叉《やしゃ》の涙　風烈廻り与力・青柳剣一郎

剣一郎、慟哭す。義弟を喪った哀しみを乗り越え、断絶した父子のために、奔走！

芝村凉也

楽土　討魔戦記

一亮らは、飢饉真っ只中の奥州へ。人が鬼と化す江戸怪奇譚、ますます深まる謎！

富田祐弘

信長を騙《だま》せ　戦国の娘詐欺《さぎ》師

戦禍をもたらす信長に、一矢を報いよ！　少女が挑んだのは、覇王を謀ることだった！

吉田雄亮

新・深川鞘番所

同心姿の土左衛門。こいつは、誰だ。凄腕の刺客を探るべく、鞘番所の面々が乗り出すが。